La niña del sombrero de paja
(La historia de Moon)
Sarah Wall

Fotografía de portada: © Sutiporn Somnam

Diseño de portada: Xavier Guiamet

Primera edición: Diciembre 2018

Segunda edición: Mayo 2021

Corrección: Klad-correcciones (klad.correcciones@gmail.com)

www.sarahwall.es

Agradecimientos

A mi gente, sin ellos mis sueños nunca se harían realidad.

A mis lectores que me animan a seguir en esta increíble aventura.

A todos los que están en mi corazón y en mi alma.

A las ONG como Camboya Sonríe, que hace lo posible por dar a los niños lo que la vida les niega.

«Lo que haces por ti mismo desaparecerá cuando no estés, pero lo que haces por los demás permanecerá como tu legado»

(Kalu Ndukwe Kalu)

Prólogo

Vivimos en una sociedad donde tenemos una ruta marcada en la cual muchas veces los sueños no tienen cabida.

Un mes en Camboya marcó un antes y un después en mi vida. Me di cuenta de que las fronteras no existen, que no puede ser que la vida sea tan injusta en función del lugar del planeta en el que nazcas. Alguien debía hacer algo. Y llegué a la conclusión de que yo era ese alguien.

Tenía todo lo que me hacía falta para dar color a un lugar del mundo: pasión y ganas, muchas ganas. La gente hablaba de cursar estudios de cooperación primero, pero era tan grande lo que sentía con los niños en Camboya y tenía tantas ganas de ayudar que me lancé a cumplir mi sueño.

Y ahí estaba yo, a mis veinticuatro años y con un pequeño colegio en Camboya.

Si tuviera que volver atrás, tomaría la misma decisión de nuevo, porque en estos tres años no he dejado de soñar. Ver cómo los padres que prefieren tener a los niños en el campo empiezan a ceder a que estudien. Matricular a las primeras adolescentes en cursos vocacionales, y saber que todos esperan a que se acaben las vacaciones escolares para volver al colegio es lo más grande y motivador que existe.

Ahora mismo, doscientos cincuenta niños y niñas tienen la oportunidad de tener otra opción de futuro lejos de la explotación, el maltrato, el analfabetismo y la pobreza extrema. Tienen el derecho a una educación completa y a un futuro distinto.

A veces pienso cómo sería mi vida si no hubiera sido lo suficientemente valiente para empezar el colegio (Camboya Sonríe). Pero en su día supe que fue la felicidad la que me ayudó; unos momentos puntuales de la vida en los que te sientes grande y no necesitas más. Y si me preguntan qué me hace feliz, respondo; el ver un montón de chancletas apiladas en las puertas de las clases y a final de mes ver cómo, despacito, se reduce el absentismo escolar.

Somos unos suertudos, y en nuestro ajetreado día a día nos hace falta parar y observar qué hemos conseguido en nuestra vida; en cuántas vidas hemos creado un impacto positivo. Estamos hechos de un mecanismo implacable y una batería potente que nos permite hacer grandes cosas.

Apostemos por nuestros sueños, trabajemos para conseguirlos y disfrutémoslos aportando cosas buenas en la vida de los otros. Entre todos podemos crear un mundo de colores y está en tus manos elegir de qué color quieres pintarlo.

Con la historia de Moon, apostamos por los sueños de muchos niños y niñas de Camboya en situaciones de vulnerabilidad a través de Camboya Sonríe.

Alejandra Borrell
Directora y fundadora de Camboya Sonríe

1ª Parte: Camboya (año 2018)

1

Me llamo Chantrea, Luz de Luna, pero todos me llaman Moon

Mi historia es una más, no soy tan especial. Fui una de esas tantas niñas que no han tenido una vida fácil en el país donde me crie, Camboya. Nací en el año 1994 en una pequeña aldea lejos de la capital, Phnom Penh, donde crecí junto a mis padres, hijos de la guerra de los Jemeres Rojos y, que se habían conocido muy jóvenes tras el régimen del terror. Mi padre contaba que mi abuelo, al que nunca conocí, era uno de los profesores que fue ajusticiado por encargo de Pol Pot. Una más de las miles de personas que bajo su duro mandato ordenó ejecutar. Tras ver cómo su padre era vilmente asesinado, lo llevaron junto a mi abuela a diferentes campamentos de adoctrinamiento, de donde, finalmente, y tras ver cómo asesinaban a su madre ante sus ojos, tuvo que marchar en medio de la noche para evitar sufrir el mismo final. Su infancia no fue nada fácil, al igual que la de miles de mis compatriotas por aquellos tiempos.

El movimiento de los Jemeres Rojos, cuya apariencia formal era la de una república popular de inspiración maoísta, afianzó un sistema de economía sustancialmente agraria, la consigna de la cual fue la evacuación de las ciudades y la destrucción de la civilización urbana y de su cultura, que consideraban burguesas, queriendo recuperar la cultura jemer ancestral. Además de un inflexible control militar sobre la población civil que fue sometida en buena parte a trabajos forzados, desarrollaron extensos métodos de detención, tortura y asesinatos selectivos en masa. El resultado fue, sin duda, el genocidio más grande de la historia, en términos porcentuales, ya que murió una cuarta parte de la población.

Mamá era huérfana también, pero nunca me contó nada ni de su infancia ni de su pasado en general. Deduje con los años que había sido muy infeliz y no le gustaba hablar de ello. No teníamos a nadie más… Un sencillo y pequeño altar budista en el umbral de nuestra humilde casa hecha de bambú y cañas, donde cuando llovía nos calábamos los huesos y los bichos nos devoraban, nos recordaba que una vez tuvimos familia a la que podíamos rezar. Nunca faltaban ofrendas ante él. Siempre obsequiábamos con alguna flor o fruta a nuestros ancestros para que cuidaran de nuestra desdichada familia.

Mis padres se ganaban la vida como podían; básicamente rebuscando en el putrefacto vertedero las pocas cosas que valían la pena de ese horrible lugar en donde me crie y que luego vendían en el pueblo. No era suficiente para el sustento de nuestra familia y por eso yo les ayudaba en esa tarea con tan solo nueve años.

Mi colegio era mi calle, mi basurero. No tuve la oportunidad de ir a la escuela más que en contadas ocasiones… ni tan siquiera podían permitirse el uniforme con el que todas debíamos acudir. A esa edad aprendí a leer gracias a mi amiga Maly que, a escondidas, me enseñaba a unir unas letras con otras y así formar palabras que mis ojos podían interpretar. Mi mente podía entonces evadirse por unos momentos de la triste realidad que me tocaba vivir.

De pequeña tenía muchos sueños que cumplir como todos los niños, aunque estos se desvanecían cada vez que amanecía un nuevo día, siendo consciente de que nunca se iban a hacer realidad. Yo jamás sería nadie importante. No sería maestra, como lo fue mi abuelo, no sería más que una niña de la calle… una niña que vivía del nauseabundo basurero.

Mi padre enfermó y murió muy joven, con apenas treinta y seis años. Nunca supimos exactamente qué le mató, pero ahora sé que debió morir por una grave infección contraída en el sucio lugar donde intentábamos ganarnos la vida.

Tras la muerte de papá, mamá enloqueció y empezó a beber sin control. Si teníamos poco antes, tras su fallecimiento ya no nos quedaba nada, y mucho menos cariño. Mi madre me pegaba, me golpeaba todos los días si no traía al menos el equivalente a dos dólares en rieles camboyanos, justo lo que ella necesitaba para beber. Le daba igual si no comíamos o si necesitaba ropa, pues ella, en su locura y desánimo, no pensaba nada más que en sumergir su dolor en alcohol; y los días transcurrían con ella agarrada a una botella.

Para los camboyanos cuidar de nuestros padres es un sentido natural y nuestra más fuerte responsabilidad. Poco importa si ellos no lo han hecho con nosotros, nos debemos a ellos y les protegeremos hasta la muerte. Nunca abandonamos a la familia, y yo no pensaba dejar morir en soledad a lo único que me quedaba en este mundo: mi madre.

Me vi tirando de la familia y sola, muy sola. No entendía por qué otros niños sí podían jugar, ir al colegio y aprender y yo no. Nuestra aldea era muy pobre, muchos críos podían hacerlo, no sin esfuerzo; sin embargo, lo hacían, aunque algunos de ellos ayudaban a sus padres en sus pequeñas tiendas tras salir de la escuela. La mayoría tenían hermanos a los que explicar sus inquietudes, sus miedos, sus anhelos. Yo no tenía nada… La poca familia que tenía estaba desapareciendo, uno por muerte y la otra por estar muerta en vida. Sabía que nunca tendría la suerte de ser lo que en mis sueños se me permitía y, las pocas veces que pensaba en mi futuro, lo veía cerca de mi aldea, ayudando a mamá, quizá ya recuperada, y siendo yo a la vez madre de unos niños a los que amar como a mí nunca me habían amado.

Pero los sueños de una niña de ya diez años son solo eso: invenciones de una mente que intenta protegerse ante la adversidad.

Me llamo Chantrea, aunque todos me conocen como Moon y esta es mi historia.

2

La señora del mercado. (Año 2004)

Rebusqué de nuevo entre la porquería y encontré varias cosas que poder vender en la aldea. Con suerte sacaría unos rieles, los suficientes para que mamá, esa noche, no me azotara con la vara de bambú que escondía cerca de su catre.

Con mi inseparable sombrero de paja que me protegía del sol y de la lluvia, acudí al mercado como solía hacer todos los días. Una señora, vecina de la zona llevaba semanas dándome comida a escondidas de mi madre. Imaginé que se apiadaba de mí al ser poco más que piel y huesos.

Yo no confiaba en extraños, pero el hambre era más fuerte que nada en esos momentos ya que había días en que apenas probaba bocado.

—¡Ven, Moon! —dijo la señora Chen—. Te preparé el guiso que tanto te gusta.

Decidida, entré en su casa, una vez más, para paliar el dolor de mi pequeño estómago que rugía con fuerza.

—¿Cómo ha ido la venta hoy, hija? —preguntó dulcemente.

—Bien, señora —contesté llevándome a la boca una porción más grande que yo misma.

—No comas tanto de golpe, enfermarás.

Tenía tanto apetito que apenas la escuchaba. Ella observaba feliz mientras yo devoraba lo que tenía por delante.

—Ven mañana a la misma hora —interrumpió—. No te faltará tu plato diario, ¡pero no se lo digas a tu madre! ¡No quiero tener problemas!

Esa mujer tenía una de las mejores casas de la aldea; sin lujos, aunque con paredes sólidas y un techo impermeable. Eso estaba muy lejos de lo que yo poseía y, no faltaba cerca un corral con varios pollos a los que no dudaba en sacrificar para alimentarme. Le estaba muy agradecida por ello, ya que había días en los que apenas tenía fuerzas para levantarme de la cama.

—Vendré. Muchas gracias, señora Chen.

De vuelta a casa, varios hombres me atosigaron por la calle ofreciéndome dinero y yo, ingenua debido a mi corta edad, no lograba entender qué querían de mí, sin embargo, en sus ojos vi un fuego que no me gustó y corrí asustada.

Llegaba a casa con sentimiento de culpa por no poder contarle a mi madre que esa mujer me estaba dando de comer desde hacía semanas. Aunque había prometido no contarlo, no pensaba hacerlo. Estaba segura de que, si se enteraba, me prohibiría ir allí; y no pensaba permitir que el único momento de felicidad que tenía al día me fuera arrebatado, siendo, además, una necesidad vital para poder seguir adelante y continuar buscándome la vida de la única manera que conocía.

La señora Chen fue ganándose mi confianza con el tiempo y tras la venta acudía a diario a su casa. Me quitaba mi sombrero de paja, el cual me recordaba quién era y de dónde venía y lo dejaba apoyado en una silla hasta mi salida.

Ella me daba de comer; también me dejaba ver algunos libros. Me explicaba cosas de su pasado y de lo que podría hacer yo en el futuro.

—Moon, pronto cumplirás once años —dijo un día—. Si quisieras, podría llevarte a la capital y conseguir que una familia te acogiera y pudieras estudiar.

—Mi madre jamás lo permitirá —contesté—. Me necesita, soy el único sustento de la casa.

—Debes pensar en ti, pequeña. Eres demasiado lista para vivir así. Necesitas estudiar para poder ser alguien en la vida, así es como podrás ayudar a tu madre en el futuro.

—Nunca abandonaré a mi madre, señora Chen.

Dejó que me diera un baño en su casa y luego peinó mis cabellos.

—Qué linda cabellera tienes. —Me acarició con dulzura—. Qué larga y qué negra. Eres preciosa.

—Gracias —respondí tímida a la vez que avergonzada.

—Eres casi una mujercita, pronto tendrás muchos chicos alrededor y querrán cosas de ti…

—¿Qué tipo de cosas? —pregunté desde mi ignorancia.

—Pues que algún día te prometerás con algún joven y te casarás: no te faltarán pretendientes, eres una niña muy bella. En un tiempo sangrarás y serás una mujer a todos los efectos; entonces podrás buscar un marido.

—Señora Chen… me está asustando. ¿Voy a desangrarme?

—No hija, no es así: tendrás la menstruación.

Ni siquiera sabía a qué se refería con lo de sangrar. No tenía ni idea de lo que me estaba contando, pues mi madre nunca hablaba conmigo y menos de esos temas tan íntimos. Me explicó con detalle en qué consistía y respiré aliviada porque en pocos segundos imaginé lo peor.

Como cada día, tras la comida me iba a casa con unos cuantos rieles. Si la venta no era suficiente, Chen lo complementaba con algunas monedas para evitar que mi madre se enfadara y la tomara conmigo, en otras palabras, que me diera una de sus palizas.

Medité en muchas ocasiones su propuesta de irme a la capital e incluso fantaseé con ello; no obstante, no podía permitirme ese lujo ni estaba preparada emocionalmente para abandonar a mi madre ya que solo era una cría de apenas once años.

Chen insistía en que lo mejor que me podía ocurrir era marcharme, ya que era una niña maltratada y explotada, y que mi vida debía ser de otra manera; no dejaba de decirme que era lista, que podría llegar incluso a la universidad si lograba ponerme al día con los estudios, que ya estaban más que abandonados por causa de fuerza mayor.

Le tenía aprecio por lo que hacía por mí y, aunque era una niña necesariamente madura debido a las circunstancias, no fui capaz de tomar esa decisión por el respeto que tenía a mamá, que cada vez estaba peor y con una salud muy perjudicada, motivo por el cual necesitaba que yo cuidara de ella.

Una tarde, tras pasar el día en el mercado, llegué a casa y allí estaba mi madre junto a Chen y, entre ellas, dos botellas de licor.

—Moon, hija, ¡ven aquí! —exclamó mamá.

Me quedé perpleja al ver a la señora Chen sentada al lado de mi madre.

—¡No te enfades mamá! —grité al pensar que se había enterado de todo lo ocurrido durante los últimos meses, y que la había engañado.

—No estoy enfadada hija —contestó sonriente, en una actitud muy poco habitual en ella.

Estaba muy extrañada. Mi madre estaba borracha como siempre, aunque inusualmente amable.

—¿Qué pasa aquí, entonces? —pregunté bastante preocupada.

La señora Chen tomó las riendas de la conversación.

—Como ya hemos hablado muchas veces, Moon, creo que deberíais dejar de vivir de lo que recoges en el vertedero, irte a la ciudad y estudiar. Ya sé que eso no es tan fácil, sin embargo, he llegado a un acuerdo con tu madre y lo entiende. Tienes su bendición.

Miré absorta a mi alrededor de nuevo. No entendía qué ocurría.

—Hija, te irás a la capital con la señora Chen. Ella te ha buscado una familia que te dará todo lo que yo no puedo darte.

—¿Cuándo? —pregunté.

—Esta misma noche —intervino Chen—. Ya tienes una bolsa preparada.

No había mucho que llevarse, pues apenas tenía más que lo puesto y mi inseparable sombrero de paja.

—¿Mamá? ¡No quiero abandonarte! —exclamé entre sollozos ante el inenarrable miedo a lo desconocido.

—Vete con la señora Chen —derramó una lágrima— y no te preocupes por mí. Estaré bien.

Me abrazó y entonces fue cuando me di cuenta de que, sobre la estropeada mesilla había varios billetes de cincuenta dólares; no demasiados, pero los suficientes como para venderme a una completa desconocida.

3

La verdadera cara de la señora Chen

No era tan tonta como para no suponer lo que estaba pasando: Chen me había comprado. Mi madre me había vendido por un puñado de dólares americanos, posiblemente mediante el engaño de que iría a vivir a un sitio mejor. Quizá lo único que pensó fuera que con ese dinero podría beber muchos días y, encima, no tendría que hacerse cargo de su hija. Le estorbé desde que nací.

Chen me subió en un coche y dio órdenes al conductor sobre dónde debía llevarme.

—¡Por fin irás a la capital! Que tengas suerte, muchacha —se despidió de mí con una sonrisa diabólica en la cara.

Estaba aterrorizada. No sabía a dónde me llevaban ni con quién viviría… ¿Qué iba a ser de mí? Era lo suficientemente inteligente como para saber que Chen se ganó mi confianza durante los meses anteriores con sus atenciones, aun así, al ver que yo jamás me iría por voluntad propia, cambió la estrategia, habló con mi madre y le ofreció dinero a cambio de mí; un dinero que ella no pudo rechazar. Yo le suponía una boca que alimentar y ella solo pensaba en beber. No la culpo, era una enferma a la que el alcohol le nublaba la capacidad de raciocinio.

Llegué en unas horas a Phnom Penh, la capital, ya casi de madrugada. Me llevaron a una casa de estilo colonial francés. Por fuera era enorme y bonita, con un jardín espléndido y, por un momento, pensé en que todo lo que había estado cavilando por el camino no era así y que realmente mi estancia allí sería para un futuro mejor con una familia de origen europeo.

Me esperaba una especie de ama de llaves vestida a tal efecto, con un rictus muy serio, que me recibió sin siquiera dirigirme una palabra.

—Me llamo Moon —me presenté tímidamente.

La mujer me miró de soslayo y siguió su camino ignorándome por completo. Yo iba tras ella, con la bolsa y mi sombrero en la mano, mientras el miedo y la incertidumbre me acechaban. Tenía todo mi vello corporal erizado. Apareció una señora muy bien vestida, e imaginé que era la dueña de la casa. Era de origen oriental, como yo, luego supe que era china.

—¿Esta es la nueva? —preguntó con cierto desprecio— ¡Es muy niña! ¡No servirá más que para molestar!

—Señora Zhao —intervino la criada—, Chen dice que es lista y que aprenderá rápido. Se llama Chantrea, pero todo el mundo la conoce como Moon.

—¡Qué nombre más ridículo! —gritó con desprecio—. ¡Anda! Ve a lavarte y baja de nuevo para que te conozca el señor.

La criada me llevó escaleras arriba y me dio un baño frotándome con fuerza para no dejar ni rastro de la mugre que llevaba encima. Apretaba tanto que me erosionó la piel dejándome el cuerpo enrojecido.

—No será peor que lo que has vivido, niña —soltó ante mi cara de espanto.

Ni siquiera pude contestar a eso. Mis lágrimas se derramaban angustiosamente y me ahogué en mi llanto. ¿Qué se esperaba de mí? ¿Qué iba a ser de mi vida?

Tras el baño me vistieron con un vestido largo de color blanco con cuello *mao*. Era el vestido más bonito que había visto en mi vida. La sirvienta me peinó y enjugó mis lágrimas.

—Ahora conocerás al señor Zhao. Te recomiendo que no hables si no te pregunta, y no llores porque no soporta a las niñas lloronas. ¿Lo has entendido, Chantrea?

Mientras asentía con la cabeza, me sentí como si no fuera nada en este mundo. Solamente era un ser insignificante al cual no iban a pedir ni permiso ni opinión y tenía muchísimo miedo.

Estaba acostumbrada a una vida dura, una que conocía perfectamente desde que nací y no me era ajena. Siempre pensé que nada podría hacerme más daño que eso e intenté convencerme de que mi estancia en esa casa quizá no sería tan mala.

Bajamos de nuevo a una habitación llena de libros donde esperaba de nuevo la señora Zhao, esta vez con su marido.

—Muy joven, demasiado niña —el señor miraba a su mujer negando con la cabeza.

—La tendremos aquí unos meses. Yo diría que ni siquiera ha sangrado —contestó ella, observándome con detenimiento.

—Acércate aquí, pequeña —ordenó el señor.

Lo hice, aunque mis pies no querían obedecerme; y, con sus sucias manos, palpó mis aún infantiles pechos a través del vestido. Me asqueó, pero aguanté las lágrimas, tal y como me habían recomendado.

—La tendremos en el servicio hasta que esté preparada, ¿estás de acuerdo, Lian? —preguntó a su esposa— Aunque, bien pensado, cuanto más joven, más valdrá.

—Busca el mejor precio por ella. Es tu trabajo, ¿no? Está por estrenar... Si hace falta esperaremos unos meses. Algún americano pagará muchos dólares por ser el primero. Mientras tanto, ayudará en la casa.

Acto seguido se marcharon y me quedé de nuevo sola con la sirvienta a la que encargaron que fuera mi misma sombra.

No sabía a qué se referían por un buen precio ni qué pintaban los americanos en esta historia e, incluso, por un momento pensé que podrían llevarme allí, a los Estados Unidos.

—Descansa un par de horas. —La sirvienta me dejó en una minúscula habitación—. Por la mañana te enseñaré en qué va a consistir tu trabajo.

Me metí en la pequeña cama con la intención de dormir. Era muchísimo mejor que el catre que compartía con mi madre en nuestra pequeña chabola. Quise hacerlo, aun así, mi mente estaba funcionando a tres mil por hora y me impedía el descanso.

La luz del amanecer empezaba a filtrarse a través del ventanal y supe que, desde ese momento, debía ser inteligente y hacer lo que me mandaran si quería contar con algún trato de favor por parte de los Zhao.

Sé obedecer, lo había hecho toda mi vida desde el momento en que tuve existencia en este universo.

Pensé en la cantidad de libros que había en la estancia donde conocí al señor y me imaginé hojeándolos y aprendiendo cosas apasionantes. Mi obsesión era ser algo más que una niña estúpida e ignorante sin futuro, sin nada que ofrecer; alguien con el beneficio de no ser cuestionado y ser admirado. De nuevo me acordé de lo que mi padre me contaba de mi abuelo y de todas las personas que fueron aniquiladas como él, durante el régimen Jemer, por el simple hecho de ser cultas e ilustradas, y sentí una profunda y dolorosa punzada en el pecho.

Al rato, la sirvienta, Jorani, vino a buscarme para empezar a enseñarme las tareas que me habían encomendado y que se reducían básicamente a fregar de rodillas, limpiar a fondo y ayudar en la cocina. No me sería difícil aprenderlo, pues tras haber vivido en un basurero, eso resultaría como estar en el mismo paraíso. Ingenua de mí…

4

El señor Zhao

Tras una larga temporada en esa casa, en la que me pasaba el día limpiando y sufriendo los repentinos ataques de la señora Zhao y a dos días de cumplir los doce años, sangré por primera vez. Lo mantuve en secreto, ya que había escuchado a la señora y al señor comentar que cuando lo hiciera se llevaría a cabo la «transacción». Me hice con unos trapos de tela que de noche lavaba y secaba para poder asearme con ellos. Sabía que el hecho de tener la menstruación cambiaría mi destino allí, y prefería que, si debían enterarse, fuera más tarde que pronto.

La señora controlaba mis pasos y supervisaba todo lo que hacía en la casa. Su cara de odio me indicaba a cada momento que no me quería allí más de lo necesario. En cambio, el señor, intentaba ser amable conmigo, saludándome y dándome las gracias si le servía un té, aunque no me gustaba cómo posaba sus ojos en mí.

Cierto era que mi cuerpo había cambiado: las ropas me apretaban, mis pechos se habían hinchado y mis caderas distaban de ser las de la niña que entró por primera vez en esa casa. Ya me lo dijo Chen: «algún día tendrás pretendientes». Empezaba ya a entender el significado de esa frase pese a mi natural inocencia y desconocimiento.

Mis jornadas eran duras. Me levantaba a las seis para ayudar en la cocina con los desayunos de las personas que me mantenían cautiva entre esas paredes. Como no tenían hijos, la vida de la señora era simple: salía con alguna amiga o las recibía en casa y tomaban té; a veces, el chófer la acompañaba a comprar a la tienda china de medicina tradicional. El resto del día se lo pasaba tras de mí para no dejarme descansar ni un segundo: «Moon, friega»; «Moon, ¡ridícula niña! ¡Dejaste polvo por limpiar!»; «¡No sirves para nada! ¡Eres una inútil!»… Así transcurrían mis días.

El señor salía temprano a trabajar y volvía al caer la tarde, aunque a veces también se iba por las noches ante el enfado de su esposa, que no intentaba disimularlo, estuviera delante de quien estuviera. Ellos no eran muy mayores, sobre los treinta y algo; sin embargo, no solían salir juntos o, al menos, yo nunca los vi. Él solía manosearme a la menor oportunidad, y yo nunca me quejé. El paralizante miedo que sentía ante un castigo era tan demencial que me hacía permanecer en silencio, aunque me provocara náuseas cada vez que estaba cerca de mí.

Ya contaba con la confianza de la criada principal, Jorani. Pese a ser muy estricta, me cogió cariño. Ya no me hablaba como si fuera un animal por domesticar, y yo acataba, sin cuestionar, todo lo que me mandaba hacer. «Ver, oír y callar» era lo único para lo que estaba programada.

Una tarde, los señores Zhao discutieron en mi presencia, y cuando el señor se marchó, ella me pegó una bofetada que me hizo zumbar los oídos. No entendía por qué la tomaba conmigo… Entre ellos hablaban en chino y no logré entender el motivo de su enojo. Tras el golpe, me retiré haciendo una pequeña reverencia, yendo hacia atrás, con discreción y sumisión, para que su enfado no fuera a mayores.

—¡Estúpida! ¡Tráeme vino! —me ordenó.

Por supuesto, le serví, aunque temí derramarlo debido a los incontrolables temblores de mis manos. Me marché de nuevo a la cocina, donde me esperaban unos pollos a los que desplumar, mientras de nuevo aguantaba las lágrimas.

Acabó mi larga jornada y me fui directa a la habitación. Sobre las doce de la noche, la puerta se abrió y ante mí apareció el señor.

—No te asustes, chiquilla —susurró.

Yo callé. Se acercó a mi cama a la vez que se despojaba de su batín azul oscuro, quedándose completamente desnudo, aunque yo no me atreví a mirarle fijamente. Estaba tan asustada que el corazón se me salía del pecho.

—Seré el que te desflorará. Intentaré no hacerte daño, Moon —dijo a mi oído—. Eres una linda muñeca, frágil como la porcelana…

Desabotonó mi camisón ante mi silencio y mi temor. Tenía un enorme nudo que se desplazaba desde la garganta hasta el estómago con infinita dificultad. No tenía ni idea de qué era eso; no obstante, intuí que no era bueno.

Me tocó, ansioso, y lamió con su sucia lengua todo mi cuerpo. Luego se posó sobre mí y me violó.

—No debes contarle a nadie que he estado aquí —susurró—. Ni mi mujer debe enterarse, ni ninguna de las criadas. ¿Me has entendido, niña? Sino tu valor será inferior; esto nunca ha ocurrido, ¿de acuerdo?

Asentí con la cabeza, pues no podía articular palabra. Se marchó en silencio y me acurruqué… Me hice un ovillo mientras un poco de sangre caliente corría por mis piernas, y al fin pude llorar e intentar desahogarme. Derramé tantas lágrimas como estrellas había en el cielo hasta que, vencida y agotada, me quedé dormida.

Al día siguiente, Jorani vino a buscarme como solía hacer por las mañanas:

—¡Moon, ya es la hora! Hay que disponerlo todo para cuando la señora Zhao se levante.

—No me encuentro bien —confesé.

Me tocó la frente con gesto maternal.

—¡Estás ardiendo, niña! —gritó asustada—. Te habrás enfriado. Lo mejor será que descanses un rato, y ya veremos cómo estás más tarde. Te traeré un remedio para la fiebre.

Pese a estar en pleno siglo veintiuno, a Camboya no llegan suficientes medicamentos, y es muy difícil conseguirlos. Tampoco la sanidad está demasiado avanzada: solo unos pocos pueden permitírsela, y por ese motivo recurríamos a los remedios de origen chino. Jorani me trajo una infusión, que me aseguró que bajaría mi temperatura corporal.

Al rato escuché a la señora gritar mi nombre y a la criada excusándome por estar indispuesta. Era tal su vocerío que, pese a sentirme débil, me vestí y bajé con rapidez para evitar males mayores. Me cruzó la cara con dos rápidos golpes de mano.

—¡Solo los ricos se ponen enfermos! ¿Entiendes, Moon? —soltó enojada—, y, ¡tú no lo eres! No puedes permitirte ese lujo.

Una vez más tragué saliva para evitar llorar, aunque pocas lágrimas me quedaban ya tras lo que había sucedido la noche anterior.

Temía encontrarme con su esposo por la casa pues ya conocía lo que era capaz de hacerme. Aun siendo una cría, no tenía ninguna duda de que lo que me hizo era muy grave y totalmente en contra de mi voluntad, aunque no supe ponerle nombre hasta unos años más tarde.

La medicina que me dio mi compañera funcionó a medias: me quitó la fiebre, sí, pero no consiguió eliminar el olor del señor pegado en mi cuerpo, pese a que me lo había lavado y frotado con tal dureza que me erosioné de nuevo la piel. La sensación de haber sido ultrajada hasta ese punto no la había sentido nunca, ni siquiera cuando la persona que más debió de quererme en el mundo me maltrataba. Por un momento, añoré mi asquerosa vida en el poblado, con esa madre que me vendió al mejor postor, y supe de nuevo que yo no era nada ni nadie y que tal y como dijo la señora, sentirme mal, no iba a ser un lujo que yo pudiera permitirme.

5

La transacción

La historia con el señor se repitió muchas noches durante meses.

Él llegaba y ni siquiera me hablaba. Se metía entre mis piernas sin permiso, con dureza, obviando mi dolor y mi asco. Un asco que ya sentía por la propia vida y mi persona en particular.

Yo me dejaba hacer sin mediar palabra, tan solo cerraba los ojos, y deseaba que acabara rápido de romperme el cuerpo. Ya no era dueña de él y no podía tener su control; no tenía capacidad de decisión. No podía hacer absolutamente nada.

Mientras él estaba sobre mí intentaba no sentir. Pensaba en la luna, en las estrellas y lo bonitas que se veían desde mi barraca; intentaba tener la cabeza ocupada con las escasas bellas imágenes de mi niñez, cuando en algún momento fui feliz con mi familia, mientras el sucio de Zhao me deshonraba y mancillaba de por vida. Me obligó a hacer cosas que mi infantil cabeza jamás había ni imaginado, puesto que nunca había oído hablar de ello. Las niñas de la aldea cuando conversábamos solo era para fantasear sobre nuestros sueños de futuro, nunca sobre temas tan adultos. Me enseñaron a la fuerza y contra mi voluntad que se hallaba totalmente anulada.

«Eres dulce, Moon», solía decirme antes de marcharse tras su visita. Yo nunca contestaba y permanecía en silencio.

La señora me preguntaba a menudo si «ya era mujer» y cotejaba mi respuesta negativa con las otras criadas, que en realidad no tenían ni idea de que ya hacía muchos meses que no era una niña en el sentido biológico de la palabra.

Lo cierto es que dejé de tener el periodo de repente, y no entendía el porqué. Era una cría sin información. No fui apenas al colegio y mi madre jamás me explicó las posibles consecuencias de que un hombre se derramara en una mujer.

Mis pechos crecieron de repente y mi vientre se hinchó de forma inexplicable. Solía estar mareada e indispuesta por las mañanas, no obstante, ese malestar se me pasaba al rato. Tenía mucha hambre, aunque mi ración de comida siempre era la misma y no me saciaba. Mi cuerpo cambió y engordé pese a que cada vez comía menos.

Una mañana, la señora se me acercó y empezó a hablarme en chino, gritándome, por lo que comprendí que no iba a ser una conversación amigable. Me arrancó la parte superior del uniforme de un tirón y observó mis pechos desnudos.

—¡Estás embarazada, zorra! —gritó completamente fuera de sus casillas.

Ante la presencia de todas las sirvientas, empezó a apalearme con toda su rabia y fuerza.

—¿Es del señor? —preguntó— ¡Dime, pequeña puta! ¿Has seducido a mi marido?

Lloraba mientras sus puños me hacían caer; sus patadas, por todo mi cuerpo, hicieron que sintiera el dolor más fuerte e inimaginable del mundo.

Una vez se hartó de golpearme, quedé tendida en el suelo, malherida.

—¡Sacad a esta guarra de mi vista! —ordenó.

Jorani y otra de las criadas me levantaron y entre las dos me llevaron a la pequeña habitación donde solía descansar. Me aplicaron paños en todas las zonas doloridas, prácticamente en la mayor parte de mi anatomía.

Empecé a sangrar bruscamente desde dentro, por mi vagina.

—¡Está abortando! —gritó desesperada Jorani a la otra criada—. Debería verla un médico o podría morir desangrada.

—La señora nunca lo permitirá —contestó—. Llamemos al señor Yang; él sabrá qué hacer.

Yang era un hombre anciano, dueño del herbolario chino al que recurríamos ante cualquier síntoma de enfermedad y que nos cobraba demasiado por sus servicios.

El señor llegó a la casa y oímos cómo su mujer le gritaba en su idioma. Se acercó a mi habitación en presencia de Yang.

—No está muy bien, señor Zhao —indicó el viejo—. Debería ir a la casa de auxilio. Le he aplicado unos remedios, pero ha perdido mucha sangre y también lo que crecía en sus entrañas.

El señor negaba con la cabeza, no queriendo escuchar palabra de lo que estaba diciendo el sabio anciano.

—Haz lo que puedas, aunque solo sea una sirvienta —no titubeó—. Pero que no se muera, ya la tengo apalabrada.

Nunca pensé que el señor Zhao me amara; simplemente imaginaba que yo era su preferida y podría protegerme. No podía estar más equivocada: eso no iba a ser así.

Estuve varios días tomando los remedios que el señor Yang me traía, y mis compañeras me cuidaron hasta que me recompuse. Como un puzle, pieza a pieza, con el tiempo mis huesos empezaron a soldar.

La señora no quería ni verme y permanecí semanas recluida en mi habitación, sabiendo de antemano que, si no moría, mis días allí estaban contados. Prefería dejar esta vida e irme con mis antepasados que a una nueva casa donde no sabía con certeza lo que podría encontrarme.

Y, tal y como llevaba semanas imaginando, una vez me recuperé, volvieron a venderme al mejor postor.

Salí de aquella casa por la puerta de atrás. Vi a Jorani llorar a través de la ventana, a quien no dejaron que se despidiera de mí.

Mi sombrero de paja, el único recuerdo que tenía de mi pequeña aldea, se quedó allí. No pude coger nada, aunque poco tenía. Me fui con lo puesto una vez más, y con mi carga emocional muchísimo más pesada que cuando llegué hacía ya casi dos años.

Fui trasladada a escasos kilómetros de distancia. El lugar era en apariencia un local de ocio, como un restaurante. Me llamó la atención que tenía unos rótulos luminosos con colores atrayentes, los cuales invitaban a entrar. Para una chica de una pequeña aldea como yo, era muy llamativo.

Al llegar allí, observé al señor Zhao conversando con el que parecía el dueño del local.

—No vale los trescientos dólares que dijiste —le recriminó—. Se ve de lejos que está usada y está hecha un asco. ¡Zhao no me tomes por imbécil cómo la última vez! ¡Me vendiste a una con bichos!

—¡Eh! ¡Siempre hemos hecho buenos tratos! Es verdad, no está por estrenar, pero te aseguro que es buena, de las mejores que vas a tener nunca. Solo debes decir que no lo cuente. Tiene trece años recién cumplidos y sabes que matarán por estar con ella. ¿Has visto qué ojos? ¿Qué piel? No tiene demasiada experiencia en la vida, hará lo que le pidas sin rechistar —contestó Zhao para justificar el precio que pedía por mí.

—Dejémoslo en doscientos dólares y no se hable más —replicó ante mi sorpresa su interlocutor.

—Trato hecho. —Estrecharon sus manos confirmando la transacción.

Zhao pidió hablar conmigo a solas antes de marcharse. Me llevó a una zona oscura y solitaria del local. Yo temblaba.

—Lo nuestro nunca pasó, ¿recuerdas? —Me intimidó agarrándome por ambos brazos con fuerza, estrechándome contra la pared—. Nunca digas nada de mí, ni de mi casa, ni de nada relacionado con mi vida. No olvides nunca estas palabras, Moon —amenazó.

Acto seguido me subió el vestido, me bajo las bragas con violencia y me volvió a violar por enésima vez. Me forzó allí mismo, contra un muro lleno de humedades.

Se marchó y deseé con todas mis fuerzas no volverle a ver nunca más.

6

Mi nuevo destino

El lugar era, efectivamente, un restaurante. Al principio respiré aliviada pensando que haría tareas en la cocina o sirviendo mesas; solo fue un espejismo que mi mente quiso imaginar.

El local disponía de un karaoke situado en la parte de atrás. Había oído hablar sobre este tipo de negocio, aunque en mi pueblo no había ninguno, pero sí sabía que la hija de una de nuestras vecinas, Kalliyan, trabajaba desde hacía años en uno de ellos en la misma ciudad donde yo me encontraba. Dejó la aldea y no la volvimos a ver y eso me hizo pensar que le iba bien.

—Quédate aquí, Moon —ordenó mi nuevo propietario—. Enseguida vendrán tus hermanas a conocerte.

¿Hermanas? ¿Querría decir compañeras? Me alegró saber que no iba a estar sola en esta nueva aventura y que habría más chicas como yo en ese lugar. Por un momento me emocioné.

Esperé diez minutos sentada en un mugriento sofá de estilo francés bastante destartalado. A mi alrededor se hallaban un par de micrófonos, una pantalla gigante y mesitas de cristal donde imaginé a los clientes tomando sus copas mientras cantaban.

¿Sería mi cometido amenizar las fiestas del local? ¿Limpiar vasos y servir bebidas? Me daba igual, iba a tener «hermanas» que cuidarían de mí. Eso era lo único que me importaba.

Entraron varias chicas, todas ellas jóvenes, aunque no tanto como yo.

—¿Tú eres la nueva? Bienvenida, me llamo Tina —se presentó una de ellas.

—Yo me llamo Chantrea —contesté—, pero todo el mundo me llama Moon.

—Tendrás que buscarte otro nombre —comentó otra de las chicas—. Aquí me llamo Brandy. A los extranjeros les gusta más que nos los cambiemos, no les gustan los de origen camboyano: suenan demasiado rústicos, además —siguió explicando— es una manera de diferenciar esta vida nueva de la anterior. Tina tampoco se llama así…

Se fueron presentando una a una: Tina, Brandy, Chantal y Jessica.

—No tengas miedo, mi niña —intervino intentando calmarme Jessica—. Te explicaremos cómo funciona esto, pero antes debemos darte la ropa adecuada.

¿Adecuada para qué? Ellas iban vestidas con brillos, faldas cortas que dejaban ver su ropa interior y camisetas ajustadas que marcaban sus senos. Iban muy maquilladas, en exceso. Yo nunca me había maquillado y no hubiera sabido por dónde empezar.

—Tienes un cabello divino —Tina me lo acariciaba con cariño—. Volverás locos a los clientes.

Sonreí tímidamente por el cumplido; no obstante, no me imaginaba vestida y arreglada como ellas.

—Ven —comentó Brandy—, creo que tengo ropa de tu talla, te prestaré algo hasta que llegue tu uniforme.

Me fui con ella a una habitación, donde de unas barras colgaban unas perchas llenas de ropa del mismo estilo que las que ellas utilizaban; una indumentaria muy atrevida y que en mi poblado hubiera sido muy criticada.

Me vistió con un mini pantalón verde con lentejuelas y un top blanco tan corto que dejaba ver los marcados huesos de mis costillas.

Me maquilló con alegres colores; lo suficiente como parecer quien yo no era. Me peinó, cardó mis cabellos y con un aparato onduló las puntas.

—Ahora ya eres de las nuestras.

Me miré en el espejo y no me reconocí. Para todos, Moon había dejado de existir en ese preciso instante, excepto para mí.

—¿Cómo quieres llamarte? No puedes seguir siendo Moon aquí; al menos mientras trabajes.

—¿En qué va a consistir este trabajo? —pregunté curiosa e intuyendo la respuesta.

—Cariño… aquí nos acostamos con quien puje por nosotras. Follamos. ¿No te lo han explicado? Damos placer a los clientes, en su mayoría extranjeros. Somos putas… putas cautivas que no tienen capacidad para elegir, ¿me entiendes ahora? —afirmó con dureza y con los ojos a punto de reventar a llorar.

Follar. Era la primera vez que oía esa palabra; sin embargo, la palabra «puta» tenía muy claro lo que significaba.

Mis lágrimas resbalaron estropeando todo el maquillaje.

—Te acostumbrarás —acarició mi rostro—. Siempre es mejor que estar en la calle, niña. Creo que un buen nombre para ti sería Amanda.

Asentí con la cabeza dándome igual el apodo a utilizar. Allí me llamaría como ellos quisieran, pero yo seguiría siendo Moon hasta la muerte.

Retocó de nuevo con unos polvos lo que mis lloros habían destrozado.

Volvimos de nuevo a la sala donde me presentaron al resto de chicas que reían sin parar.

—Van drogadas —indicó Brandy—. A veces es necesario para poder soportar todo esto. Yo odio las drogas y mi truco, cuando me toca estar con algún cliente que no me gusta, y que son la mayoría, es dejar la mente en blanco. No les gusta que lloremos —confesó—. A veces solo quieren que bailemos, otras, que les besemos y, la mayoría de las veces, que les follemos como si estuviéramos disfrutando, por lo que deberás aprender a fingir.

Callé de nuevo mientras intentaba asimilar la información que me estaban dando. No quería ser puta, tampoco drogarme. ¡No quería vivir así!

—No quiero hacerlo. Prefiero servir mesas en el restaurante.

—No tienes elección, Moon. El señor Puong te ha comprado, como a todas nosotras. Hazme caso y obedece si no quieres que te muelan a palos —sentenció.

El dueño entró de nuevo y me miró de arriba a abajo.

—Habéis hecho un buen trabajo con ella —soltó satisfecho al ver el resultado—. Ha pasado de mocosa a glamurosa. Esta noche será la subasta y la quiero perfecta. Se marchó dejándome con mis hermanas.

Jessica me contó que la subasta era un ritual que se llevaba a cabo con todas las chicas nuevas que entraban y que consistía en la venta de mi supuesta virginidad al mejor postor. Hacía ya días que se estaba anunciando entre los clientes de la parte de atrás del restaurante el tema de la subasta. En esa parte clandestina donde se ejercía la prostitución, se hacían trapicheos de todo tipo y, por supuesto, se consumían drogas.

Apenas quedaban un par de horas para el anochecer y las chicas me daban ánimos, aunque yo estaba hundida. No iba a ser violada porque se suponía que yo estaba allí como una trabajadora más, pero lo sería en toda regla. Iban a hacer conmigo lo que quisieran sin poder dar mi opinión ni oponerme, todo a cambio de un plato de comida, nada más.

—Tómate esta pastilla —sugirió Tina—. Te hará estar más contenta y olvidarte de todo.

Negué con la cabeza, no quise tomarla.

—¡No, Tina! —exclamó Brandy—. ¡No le deis pastillas, coño! Solo es una niña asustada. Pasará por esto como todas lo hemos hecho. Lo superará.

—Solo es éxtasis. Le hará olvidar lo que pasará esta noche —respondió.

—Estoy bien —mentí—. Lo haré. Solo necesito relajarme un poco.

Volví a mi habitación, la que compartiría con Brandy. Me senté en el suelo y recé pidiendo ayuda y fuerza a mis ancestros.

7

La primera vez

El local se llenó de hombres a la hora de la subasta. Muchos, la mayoría, extranjeros. Puong cogió uno de los micros.

—Caballeros, ¡ha llegado el momento! ¡Tenemos un nuevo coñito a estrenar!

Me sacó cogida de la mano y me subió a un pedestal, mientras yo intentaba que mis frágiles piernas soportaran mi peso.

—Trece años, virgen… dulce y cándida. ¡Acaba de salir de su aldea y está deseando tener un hombre dentro! ¡Sentir a un buen macho follándosela con ganas! —gritó por el micrófono haciendo un gesto obsceno con las caderas mientras me vendía como un producto cualquiera.

Yo permanecía con la mirada en el infinito, temblando de miedo. No podía sonreír, pero tampoco pude llorar, ya no me quedaban lágrimas. Estaba seca por dentro.

—Cincuenta dólares —pujó un pelirrojo al fondo de la sala.

—¡Venga, va! —exclamó Puong—. Todos sabéis que este chochito de pueblo vale muchísimo más.

—¡Cien! —ofreció un calvo de una de las filas delanteras.

—¿Quién sube la puja? —preguntó vociferando Puong— ¡Estrenar esta putita tiene su precio señores!

Fueron ofreciendo dinero por mi dignidad durante unos minutos.

—¡Trescientos! —gritó un rubio de avanzada edad.

—¿Alguien ofrece cuatrocientos? —animó Puong ante el silencio de los allí presentes.

—¡Pues toda suya, caballero!

El hombre se levantó y alzó su puño en señal de victoria ante todos los que presenciaban la escena, mientras yo miraba al suelo tal y como me ordenaron.

Enseguida, Brandy me acompañó a la habitación donde se debía prestar el servicio.

—Estate tranquila y déjate hacer —indicó sujetándome por los hombros— conozco a ese tipo y no durará más de unos minutos.

El hombre llegó. Tendría unos cincuenta y tantos años, rubio, ojos claros. Dijo ser americano, chapurreando mi idioma. Seguro que en su momento fue un hombre atractivo; sin embargo, la edad, su cuerpo estropeado y el hecho de que hubiera pujado por mí, como si de una oveja se tratara, me hizo repelerlo de inmediato.

Mantuve la cabeza fría, como me recomendó Brandy. Pensé en cosas bonitas e intenté evadirme, mientras ese pederasta americano, mi primer cliente, se introducía en mi cuerpo y me sobaba por todas partes. Su asqueroso aliento a alcohol y tabaco me asqueaba casi tanto como su putrefacto olor corporal.

No duró, tal y como Brandy vaticinó, más de cinco minutos, pero fueron los más largos de mi vida.

Tras disfrutar de su compra, me observaba mientras se vestía, sonriendo como un cerdo satisfecho de revolcarse en su cochiquera, sabiéndose el protagonista de haber «estrenado» a una pobre niña infeliz de pueblo.

—¿Te ha gustado, nena? —preguntó de forma estúpida mirando mis asustados ojos—. Al ser la primera vez es normal que sangres — me advirtió al ver una mancha en la cama.

Ese sangrado no fue fruto de arrebatarme la virginidad obviamente, más bien fue por la fuerza desmesurada que utilizó conmigo.

-—¿No piensas decir nada?

Junté las palmas de mis manos e incliné mi cara hacia la punta de los dedos en señal de «agradecimiento», cuando lo que en realidad deseaba es que un rayo en medio de la tormenta que estaba cayendo fuera, lo atravesara por la mitad.

El americano se marchó y Brandy vino a verme.

Me abrazó y acarició mis cabellos despeinados.

—Lo superarás, Moon —susurró—. Todas lo hacemos… Cada día que pase será mejor que éste.

—Nunca lo superaré —sollocé—. Solo quiero escapar de aquí y algún día lo haré.

—Eso jamás podrás hacerlo. —Brandy se separó para mirarme fijamente—. Puong te buscará y acabarás con el cuello roto en un callejón. No serías la primera.

Sentía tanto odio que no podía articular palabra. Me juré a mí misma que no iba a morir tirada en una callejuela de Phnom Penh y buscaría la manera de salir de ese antro.

—Anda, aséate que debes bajar a bailar —indicó—. ¿Pensabas que esto acababa aquí?

Brandy me ayudó a recomponerme. Me cambié de ropa. Esta vez llevaba un corto vestido azul cielo que se transparentaba, me sentí muy sucia.

—No sé bailar —confesé tímidamente.

—Eso es lo de menos, tú fíjate cómo lo hacemos las demás. Tienes que conseguir que los clientes beban y si alguno quiere follar, llamas a Puong para que cierre el trato.

Definitivamente, no era ese el sueño que tenía de niña. Me uní a las otras chicas e intenté imitar sus sensuales movimientos. Puong se acercó.

—Sonríe un poco, niña. —Me miró con cara de asco—. Debe parecer que quieres darles lo que piden y eso es sexo, sensualidad. Vende tu imagen de niña buena y cándida, aunque tú y yo sabemos la verdad; que eres una zorra barata —susurró de manera maligna a mi oído.

Intenté esbozar una sonrisa, recordando lo que Brandy comentó sobre los cuellos rotos.

—Acércate aquí, guapa —ordenó un tipo sentado en una mesa junto a otros tres extranjeros.

Me acerqué y me sentó en sus rodillas. Subió su mano a lo largo de mi pierna y se puso a manosear mis partes íntimas.

—Aún está caliente la muy puta —indicó a los otros— ¿Quieres más pan para tu horno? —se burló.

Yo intentaba esbozar una sonrisa sabiéndome observada por Puong desde la otra punta de la sala.

—¿Te has lavado bien el coño? —preguntó el repulsivo ser—. No quiero meterla en un váter, ¿me entiendes? Puong, ¿cuánto vale ahora un polvo con ella? —preguntó mientras me sobaba los pechos.

—Ahora cien —respondió.

—¡Y una mierda! —contestó— te doy cincuenta.

Puong aceptó. Me asusté y dejé de intentar sonreír por un momento. Llevaba escrito en la cara que era un cerdo y sabía que me iba a hacer aún más daño, pues solo con sus manos posadas en mis muslos intuí que me saldrían cardenales en los días posteriores.

Me llevaron de nuevo al cuchitril y efectivamente, me estiró de los cabellos, me clavó sus sucias uñas, me mordió, me insultó e hizo conmigo lo que le dio la gana. Me provocó tanto dolor que al día siguiente no podía apenas caminar...

Yo solo quería morirme.

8
Mamá viene a verme

Durante el día, las chicas y yo hablábamos recluidas en el local. No nos estaba permitido salir; solo se hacía excepcionalmente y siempre acompañadas de alguien de la absoluta confianza de Puong.

Las amenazas eran de tal magnitud que a ninguna se le pasaba por la cabeza huir de ahí.

Nuestro jefe, si no llegábamos a la cuota mínima, nos castigaba de la forma que solo saben hacer los bárbaros: pegándonos. Lo hacía con una toalla mojada e intentando no dejar marcas visibles.

—Al menos nos dan de comer —comentó Brandy, que era con la que tenía más confianza.

Ella escapó de su pueblo con la promesa de un mundo mejor. Fue seducida por un vecino que, al igual que intentó conmigo la señora Chen, la encandiló con sus bonitas palabras sobre el futuro que nos esperaba en la capital. De eso hacía ya cuatro años. Brandy tenía diecisiete y seguía siendo menor, pero poco importaba allí. Durante ese tiempo no supo nada de su familia y sentía tanta vergüenza que dijo no querer volver nunca a sus orígenes. Tampoco la habían buscado, por lo que imaginé que era bastante probable que le hubiera pasado como a mí y que sus padres hubieran recibido una «compensación».

Las noches transcurrían siempre igual: bajábamos vestidas como lo que éramos, unas meretrices de poca monta, aunque fuera contra nuestra voluntad. Mi precio fue bajando hasta fijarse en veinte o treinta dólares con suerte... dependía del día. Eso significaba tener que prostituirme más veces por noche para no perder el cupo que me había asignado Puong.

Puse en práctica un truco que me explicó Jessica: hacerles beber tanto que no aguantaran —si es que se les levantaba— más que unos pocos minutos. Muchos se dormían o se conformaban con unos toqueteos. Luego, al estar tan bebidos, se creían que en realidad habíamos consumado el acto hasta el final.

Durante esos meses allí, ya iba para un año, fui aprendiendo ese tipo de estratagemas para no perder la cabeza, aunque siempre creí imposible no acabar desequilibrada. Crecí de golpe y a golpes.

Una noche, tras seis horas bailando y siete clientes que pasaron por mi piel, soñé con mamá. Se acercó a mí y acarició mi rostro.

—Te quiero hija, lo siento mucho... Nunca debí abandonarte ni consentir que te separaran de mí. Espero que algún día sepas perdonarme. Ahora estoy en un lugar mejor. Sé fuerte. Besó mi frente sudorosa y desapareció.

Desperté y, en ese preciso momento, me di cuenta de que en realidad no había sido un sueño; mamá había muerto y se estaba despidiendo de mí.

Por la mañana monté un pequeño altar en mi habitación con cuatro cosas que me dieron mis hermanas y, aun siendo una puta barata, poder ofrecerle mis respetos a diario. Eso quizá me ayudaría a mantener la cordura.

9

Mi primera experiencia con las drogas

Ya tenía catorce años cumplidos. En la aldea, muchas niñas se prometían a esa edad para un futuro matrimonio, aunque ese no iba a ser mi caso.

Al no utilizar ningún tipo de protección durante el coito, me contagiaron una enfermedad de transmisión sexual llamada gonorrea, que al principio me pasó totalmente desapercibida hasta que empecé a tener fuertes hemorragias. Como sabía que no era posible un embarazo, ya que nos inyectaban una sustancia mensual que según Puong hacía traer de Europa, supe que estaba enferma.

Le expliqué a Brandy, mi confidente, lo que me pasaba.

—Te han pegado un bicho —soltó—. Suele pasar.

—Y, ¿qué hago? —respondí, asustada al creer literalmente lo que me había explicado mi hermana, que una alimaña crecía en mi interior.

—Debe verte el médico —indicó—. Tranquila, es uno de los amigos de nuestro querido y asqueroso Puong. Vendrá, te dará la medicina y aquí no ha pasado nada.

Informé a mi amo y señor de lo que pasaba y me abofeteó.

—¡Eso me va a costar mucho dinero! —gritó enfadado.

—Lo devolveré todo, señor Puong.

—No podrás trabajar en tres semanas, al menos.

—Puedo bailar, limpiar, lo que necesite, señor —respondí para evitar que se enojara más.

Se fue blasfemando y vociferando. Al rato, el doctor vino a verme y me recetó algo que ya traía con él, por lo que imaginé que mi situación no era nada que le sorprendiera. Las pastillas debía tomarlas durante catorce días y durante ese tiempo no debía tener contacto sexual con nadie. Eso me alivió, pese a que supe que me costaría caro.

—No te olvides de tomar ninguna —me advirtió—, si no, no te hará efecto el tratamiento.

—Descuide, no lo haré.

—Cuídate, hija.

Se marchó y volvió Puong.

—¿Sabes cuánto me cuesta tu broma? ¡Más de cien dólares!

—Lo siento mucho, señor. Yo no quería…

—En cuanto te recuperes buscaré la manera de que me lo pagues. ¡Todo!

Tragué saliva; ya nada podía ser peor que lo que hacía. Pese a estar indispuesta físicamente, quería sentirme fuerte mentalmente para poder soportar lo que me fuera a asignar el destino. Por desgracia estaba creciendo de la manera más espantosa que jamás hubiera podido imaginar.

Una vez terminado el tratamiento asignado por el doctor volví al «trabajo» con mis hermanas, a las que ya se había añadido alguna chica nueva.

Puong no se olvidó en ningún momento de la deuda que había contraído con él y sabía que tarde o temprano me la haría pagar.

Volví a dar servicios, no menos de ocho o diez horas diarias. Físicamente estaba todavía débil; sin embargo, no se me permitía descansar tanto como a otras compañeras. Había días en los que acababa desmayada en la cama.

—Esta noche tienes un cometido especial —indicó Puong—. Al fin sacaré algo de provecho por ti.

Consulté con las chicas a qué se podía referir con lo del «cometido especial».

—No significa nada bueno, Moon —confesó Jessica—. Creo que podría referirse a tu puerta de atrás o algo peor.

Me estremecí ante la incertidumbre, pues no tenía ni idea de a qué se referían.

—Espero que no sea una sesión con «Cruel Bill» —comentó Brandy—, un sádico americano al que le gusta disfrutar haciendo daño.

—No me da miedo el dolor físico —confesé—, ya no tengo sentidos disponibles para eso. Estoy muerta en vida.

—No digas tonterías, Amanda —contestó Tina.

—Soy y siempre seré Moon —puntualicé.

—Creo que hoy va a ser mejor que te tomes la pastilla que rechazaste la primera noche, ¿recuerdas? —siguió Tina—. Créeme, la vas a necesitar.

Hasta Brandy asintió con la cabeza. Yo pensé que por una sola no iba a pasar nada.

Una hora antes del servicio especial me la tomé y me sentí volar. No sentía dolor, no sentía nada en absoluto.

No era yo. Dejé de ser Moon para ser Amanda y me sentí totalmente fuera de mi ser; sin dolor; sin angustias… Era algo parecido a la felicidad.

—Joder, ¡cómo le ha subido! —exclamó Jessica a Tina—. Espero que se controle —las oí decir.

El día iba a terminar conmigo metida en una habitación del dolor con el tal Bill, al que llamaban el Cruel.

Recuerdo vagamente cómo me ató a la cama con unas cuerdas muy rígidas. Primero me apaleó con una fusta dejando mi piel amoratada; después me mordió, dejándome sus dientes marcados con sangre en mi cuerpo; introdujo en mi vagina diversos artilugios; y, finalmente, me forzó hasta destrozarme. En ese momento no sentí nada. No fue hasta el día siguiente que noté el dolor del profundo desgarro que me había provocado. Tras varias horas de tormento me desató, me sentó en una silla y peinó mis cabellos como si nada hubiera ocurrido.

—Eres una linda muñeca de porcelana. —Besó mis labios delicadamente como si de Romeo se tratara y lamió la sangre que emanaba de ellos. Ese hombre rozaba la psicopatía.

Después desapareció. Para entonces ya se me había pasado el efecto de la maravillosa pastilla que, a partir de ese día, iba a necesitar todas las noches.

Luego me enteré de que Puong le cobró aún más a Bill al comprobar el estado en el que me había dejado. Deseé que un rayo le partiera en dos y jamás se cruzara de nuevo en mi camino; sin embargo, vi en sus ojos que volvería más de una vez. Quise morir; de hecho, ya me consideraba muerta.

10

No siento nada

Durante los siguientes meses me convertí en una drogadicta; era un robot que necesitaba tomar no solamente pastillas, también cocaína o lo que me pusieran por delante para poder respirar y seguir adelante. Ya nada me importaba.

Eso provocaba que mi deuda creciera y creciera sin parar. Puong no daba nada gratis, y si yo tomaba drogas debía pagarlas con mi trabajo, aunque ya fuera su esclava.

Poco a poco, me fui ganando su respeto, ya que hacía más caja que ninguna. Eso ocurrió gracias al poder de la sustancia mágica me ayudaba a olvidar la profunda tristeza que sentía cuando no estaba bajo sus efectos.

Me convertí en un despojo humano. Mis ancestros se debieron revolcar de la rabia, sin embargo, pocas veces pensé en ello, pues solo intentaba sobrevivir.

Tenía clientes fijos. Bill volvió un par de veces más, y me convertí en su favorita. Fustigar mi piel y profanarme era su maldito *hobby*.

El día de mi quinceavo cumpleaños, las chicas me hicieron un pequeño regalo; pidieron a Puong que su hombre de confianza nos llevara por la mañana a un parque y así poder respirar aire puro. Debieron cogerle de buenas porque accedió.

Al estar la mayor parte del tiempo colocada, no pude disfrutarlo como hubiera querido, pero sí recuerdo el aire, esa brisa acariciando mi piel y luego la llovizna, típica de esa época del año, mojando mis cabellos. Pese a que me recordaba a las noches húmedas cerca del río y no me evocaba ningún buen recuerdo, no me importó. Cualquier cosa era mejor que lo que estaba viviendo en la capital. La discreta sensación de libertad que tanto ansiaba…, el olor de la yerba mojada en el parque y ver pasear a la gente que disfrutaba de su felicidad, ajena a lo que nos pasaba a nosotras. No era justo. Yo no tendría jamás algo así estando con Puong.

Las chicas se divertían, y yo, en un arrebato, eché a correr. Me importaba muy poco lo que me ocurriera si me cogían. Lo hicieron, claro está.

El gorila que nos acompañaba y vigilaba, dijo que callaría si me entregaba a él, cosa que estaba totalmente prohibida. Aun así, accedí. Me era indiferente morir allí mismo.

Era un hombre repulsivo... su hedor... todo él. Lo hicimos en medio del mugriento callejón donde me encontró. Al finalizar me agarró fuertemente por el cuello, apretando con tanta fuerza que casi pierdo el conocimiento.

—Si hablas, te mato —susurró cerca de mi oído.

Las chicas callaron para protegerme y a la vez protegerse a sí mismas y volvimos al karaoke a seguir con nuestra nauseabunda vida.

Supe enseguida que ese tipo no contaría nada o el filo de la navaja lo sentiría él antes que yo al romper una de las normas básicas de Puong: tocar a una de sus chicas. Opté por callar porque en el fondo sabía que nadie me creería.

Tenía quince años y ya había vivido como una mujer de cuarenta. Me sentía cansada, desgastada, sola, devastada... No quería seguir viviendo, y por eso las drogas tenían cada vez más protagonismo en mi vida. Me dolía cuando respiraba y cuando mi corazón latía. Me dolía hasta cuando soñaba.

Esa noche hubo una redada en el local. Unos policías entraron e hicieron lo que debía ser una inspección por si allí se estuviera cometiendo algún delito. Yo, al igual que tantas otras, era menor de edad y aun así no pasó nada. Puong, como solía hacer siempre, sobornó a los oficiales que se fueron por donde habían venido sin efectuar detención alguna.

Uno de ellos me miró con pena. Seguramente pensó lo mismo que yo misma opinaba de mí: que era poco más que nada. Se fue. Miró para otro lado cuando pudo salvarme, y no solo a mí ¡a todas nosotras!

11
Mis hermanas

Un día un terrible suceso se apoderó de nuestras almas. Tina apareció muerta una mañana en la parte de atrás del local y se deshicieron de ella como si de una alimaña se tratara. Nunca supimos qué le ocurrió en realidad.

Yo era conocedora de que ella quería escapar y sospeché que debieron pillarla. O eso, o la encontraron robando a Puong.

Todas quedamos sumidas en una profunda tristeza. De haber escapado seguro que hubiera buscado ayuda para las demás. Era de las mayores y, en cierto modo, nos protegía. No tenía duda alguna de que Puong estaba detrás de su asesinato. Ningún policía vino a interesarse por lo ocurrido, pues era un hombre poderoso en la ciudad.

Mis hermanas y yo nos sentíamos vacías sin su presencia; estábamos desoladas. Puong nos prohibió hasta llorar su pérdida. Para entonces todas nos drogábamos de una forma u otra: alcohol, marihuana, hachís, cocaína, cristal… Cualquier droga que mitigara nuestro dolor.

Quise proteger a la más pequeña, dos años menor que yo; sin embargo, también fue subastada al mejor postor y no pude hacer nada por ella. Tras la devastadora experiencia vivida durante su primera noche se ahorcó.

Yo misma descubrí su cuerpo inerte, suspendido en la cuerda. Nunca podré olvidar esa imagen que se clavó en mi retina para siempre. Puong, como era habitual en él, se deshizo del cadáver como si no fuera nada más que escoria, y me culpabilizó a mí por no supervisarla, lo que me costó una nueva somanta de palos. No éramos más que un pedazo de carne inútil para él.

Pensé millones de veces en suicidarme, pero nunca tuve el valor suficiente. Tarde o temprano sería la propia muerte la que vendría en mi busca. No era necesario que yo la llamara. Llegaría pronto.

Brandy enfermó, como yo, con un bicho. Jessica se volvió paranoica, supuse que por el abuso de las drogas y, al tener ya veinte años nuestro «amo» la echó de la casa; ya no le servía ni como puta barata. Nunca supimos con certeza a dónde la llevaron ni qué fue de ella. El efecto de toda la mierda que nos metíamos hacía mella en nuestro organismo no solo físicamente, sino también afectaba a nuestra capacidad de raciocinio.

En mis pocos momentos de lucidez quería escapar de ese agujero; irme lejos y no volver. No podía regresar a mi pueblo y ver a Chen; además allí ya no tenía familia. No tenía nada más que sueños que se estaban evaporando de mi mente, dejándome sola con mis sombras. No quería ser una muñeca rota que una vez inservible, se deshicieran de ella.

Por suerte mi inglés había mejorado a golpe de trabajar con los clientes, en su mayoría americanos.

Ya era capaz de mantener más o menos una conversación y defenderme con lo básico. Algunos me prometían que vendrían a por mí y me llevarían con ellos. Promesas que nunca se cumplieron…

En su mayoría eran tipos asquerosos que se hundían en mi cuerpo con brusquedad intentando quitarme lo único que tenía, mi yo.

Una noche después de trabajar me senté con Brandy, que lloraba en su cama.

—Algún día saldremos de aquí —susurré— te lo prometo.

—Y ¿dónde iremos? —contestó mirándome a los ojos— Pronto cumplo diecinueve años y dejaré de serle útil. Acabaremos todas como Tina o Jessica.

—Tenemos que ser fuertes. Quiero dejar las drogas y buscar la manera de escapar.

—Eso es imposible, es el propio Puong el que quiere que las tomemos.

—Y nos ha convertido en unos cadáveres sin corazón ni voluntad…

Mi convencimiento de dejarlas era alto; sin embargo, trabajando allí resultaba del todo imposible. Debíamos de trazar un plan para escapar de ese tugurio.

—Aquí nos dan comida, Moon —se resignó—. ¿Qué será de nosotras en la calle? ¡Nos encontrarán!

Dormimos abrazadas. Necesitábamos el calor de una hermana, alguien que nos consolara y nos diera el afecto que tanto necesitábamos y del que carecíamos por completo.

Esa mañana descubrí que en la parte de atrás había un agujero oculto bajo un mugriento sofá. No sabía a dónde nos llevaría y decidí investigar aún a sabiendas que mi vida estaba en peligro. Nada me importaba más que escapar de allí.

Arriesgué todo por saber a dónde conducía. Mi pequeño cuerpo se introdujo con facilidad en el hueco. Estaba oscuro y lleno de telarañas. Era tan diminuto que tuve que recorrerlo a gatas. Noté cómo una rata me mordisqueaba la pierna, pero no me importó, yo seguí adelante.

Recorrí unos metros hasta que el túnel se bifurcó en dos; exploré un lado que me llevó directamente hasta una pared: no había salida. Decidí entonces recular y, marcha atrás, anduve los metros necesarios para volver al inicio del otro orificio. Éste era más largo y lleno de recovecos que investigué con detalle buscando cualquier indicio de salida.

En uno de los extremos, por un pequeño boquete, se colaba un rayo de luz: era un principio. Necesitaba llevar algo con lo que poder golpear esa pared; quizá, entonces, pudiéramos salir.

Debía pensar qué utilizar y cuándo llevar a cabo mi plan. Tenía que ser inteligente y estudiar todos los detalles. Quería marcharme de allí y salvar a mis hermanas. Pudrirme en ese antro no era una opción.

Pensé en mi piel violada otra vez y se me erizó el vello. Cerraba mis ojos y sentía de nuevo el peso de los hombres que habían ultrajado mi vida. No quería ser así; yo no podía funcionar de esa manera.

12

La huida

Conseguí tener un plan bastante bien organizado. Me hice con una cuchara de buen tamaño que encontré en la cocina y la escondí bajo mi catre. Me podría servir para abrir el agujero y ver qué se hallaba detrás.

No teníamos mucho tiempo libre y durante el poco del que disponíamos siempre nos encontrábamos bajo vigilancia. El mejor y único momento era justo antes del desayuno conjunto. Calculé el tiempo que podría tardar en comprobar mis sospechas de que tras esa rendija podía haber una escapatoria.

El día siguiente iba a llevar a cabo mi plan. Ni siquiera lo iba a comentar con Brandy, pues era tan arriesgado que no quise ponerlas en peligro. Mi intención era escapar y desde fuera pedir ayuda para todas.

Desperté antes de que mis hermanas. El estúpido hombre que vigilaba el pasillo dormía recostado en su silla. No me vio pasar y no me extrañó ya que el olor a alcohol que despedía se notaba desde varios metros de distancia.

Me dirigí a la zona del túnel. Todo estaba en silencio y disponía de pocos minutos antes que la casa estuviera de nuevo en plena actividad.

Llegué hasta el trozo de pared donde encontré el resquicio de luz cuando, de pronto, empecé a escuchar voces. Supuse que todo el mundo estaba ya en pie y me di prisa.

Me ayudé con la cuchara para abrir más y más el boquete. Era una pared tan fina, hecha como de arcilla, que no me costó demasiado abrir un agujero de una dimensión suficiente como para que mi escuálido cuerpo cupiera por allí.

Tan solo habían pasado veinte minutos y estaba convencida de que ya me habían echado en falta. Debía darme prisa.

Pasé por el hueco y aparecí en medio de un callejón. Eché a correr tan rápido como mis pies pudieron. Me caí a los pocos metros, me levanté con las rodillas ensangrentadas y arranqué de nuevo sin importarme las heridas. Sabía que si alguien me pillaba me acordaría toda la vida... eso si podía contarlo.

Entré en el mercado para mezclarme con la gente e intentar pasar desapercibida: a esas horas estaba completamente abarrotado y era el perfecto camuflaje. Me hice con un sombrero de paja que, si bien ni mucho menos era como el mío, me haría cambiar ligeramente de aspecto.

Me refugié en una esquina pues las piernas ya no aguantaban mi peso. Entre el trabajo al abrir el orificio y la carrera estaba agotada. Mi corazón iba a dos mil latidos por segundo. Cerré los ojos momentáneamente, a punto de caer desmayada.

Al abrirlos un hombre se hallaba ante mí.

—¿No eres tú una de las chicas de Puong?

Negué con la cabeza.

—Sí, eres la putilla que vino de casa de Zhao. He trabajado para ellos. ¡Te conozco! ¡Has huido!

—¡No me delate, por favor! ¡Me matarán!

El bastardo ignoró mis suplicas. Me agarró del brazo y tiró de mí con toda su fuerza.

—¡Te daré lo que quieras si me dejas escapar! —imploré.

Me cruzó la cara de una fuerte bofetada. Fue la primera esa mañana.

Me entregó a Puong que me estaba esperando en la entrada del clandestino burdel. Alguien debió avisarle de que me habían encontrado y aguardaba en la misma puerta. Su cara destilaba odio y rabia. El pánico se apoderó de mí de nuevo.

Era probable que ya no saliera viva de allí, pero poco me importaba.

2ª Parte: Los Ángeles, U.S.A

13

La pérdida

—Lo siento muchísimo, Ellen.

—Gracias por venir.

—John era un hombre maravilloso, le echaremos de menos.

—No me lo puedo creer. ¿Qué voy a hacer sin él? —suspiré reteniendo de nuevo las lágrimas—. Se ha ido muy pronto…

Muchos eran los que acudieron a casa para despedir a mi marido. Tan solo tenía cuarenta y seis años y un infarto me lo había arrebatado.

Me dejaba viuda tan joven… y con dos hijas ya casi adultas, pero necesitando a su padre más que nunca.

Sentí cómo el alma salía de mi cuerpo al descubrir a mi marido en el lado opuesto de la cama ya sin vida. Aquella noche se fue a dormir con una cierta molestia en el pecho que achacó a la ansiedad en el trabajo: John estaba muy estresado en su empresa, trabajaba unas quince horas al día y yo tenía el convencimiento desde hacía mucho de que tanta dedicación le acabaría pasando factura.

—Llamemos al doctor Roof, cariño —sugerí a sabiendas de que las cosas no pintaban bien.

—Es solo un poco de presión, nada que no cure una pastilla —contestó.

Se la tomó con un poco de agua, besó mi frente y se metió en la cama.

—Te quiero, Ellen. Que duermas bien. —Fueron sus últimas palabras.

Esa mañana, al comprobar que John no contestaba y estaba frío, supe de inmediato que mi vida iba a dar un giro de ciento ochenta grados.

Llegó el doctor que certificó su muerte. Fue todo un caos. Por suerte, las niñas, mis gemelas, que ya estaban en la universidad no presenciaron la escena. Hubiera sido terrible para ellas.

Mi suegro, mi hermana y mi excuñado se encontraban todos en casa apoyándome en tan delicado momento.

Conocí a John en secundaria, éramos unos críos y ya llevábamos treinta años juntos. Nuestra boda fue maravillosa, en una playa de Hawaii. Íbamos a renovar nuestros votos ese mismo año, pero no pudo ser, pues la fría muerte se cruzó en nuestro camino demasiado pronto, dejando todavía muchos sueños por cumplir.

Estaba segura de que John sabía que algo no iba bien, pues unos meses atrás quiso dejar todo bien atado e hizo testamento. Cosa que no debería habérsele pasado jamás por la cabeza siendo tan jóvenes. Sin embargo, nunca pensé que me dejaría tan pronto y de manera tan abrupta. Ha sido lo más bonito y a la vez lo más duro que me ha pasado en la vida: John.

Éramos incansables viajeros, y cada año solíamos ir al extranjero un par de veces, especialmente por el sudeste asiático. Estábamos enamorados de sus paisajes, de sus gentes, de su comida... Incluso nos habíamos planteado en más de una ocasión adoptar un tercer hijo, pero al final no pudo ser. Se nos esfumaron todas las oportunidades el día en que murió. Ya no podríamos hacer planes juntos, no iríamos cogidos de la mano cuando fuéramos dos viejecitos tal y como soñábamos. Me quedé sola. Muy sola y muy triste.

Mi mitad exacta partió hacia un destino sin retorno en el que yo no le acompañaría, pero nos volveríamos a reencontrar algún día. Al principio quise que fuera más pronto que tarde, aunque luego pensando en nuestras hijas, sabía que mi deber, por John, era estar con ellas todo el tiempo posible y verlas evolucionar en la vida, el máximo que se me permitiera.

Fantaseábamos mucho con ello. Con el día que las viéramos licenciarse, casarse, tener hijos…

Los primeros meses sin él, el amor de mi vida, ni siquiera me lo creía. Aún me llegaba el aroma de su colonia en ciertos momentos e, incluso, por las noches notaba su presencia en mi cama, o el roce de su mano con la mía cuando veía la televisión desde el sofá.

Doné los bonitos trajes y todas sus pertenencias a la beneficencia, como John hubiera querido. Me costó muchas semanas hacerlo. Despojarme de sus cosas fue muy duro hasta que no me di cuenta de la cruda realidad: John no iba a volver jamás.

Las chicas volvieron a la universidad y la casa se me quedó muy grande. Mi hermana menor se vino a vivir conmigo a las pocas semanas. Sue estaba divorciada y no tenía hijos. Le agradecí sobremanera el gesto, pues mi hogar se me caía encima, y el vacío que había dejado la pérdida de John era demasiado para mí.

Yo no trabajaba. Tras licenciarme en psicología nos casamos y pronto llegaron las chicas: Hayley y Courtney, nuestras dos princesas, de lo que más orgullosa me siento. Ambas son chicas maravillosas y, cómo no, al ser gemelas no se separaban nunca. Hasta estudiaban en la misma universidad, aunque cursaban carreras distintas; Courtney iba para economista y Hayley para abogada.

Pensé que sería una buena idea adoptar a un perrito. John siempre quiso uno, pero yo me negaba con excusas como que si sueltan pelo, que si es uno más que cuidar, que si destrozará la casa… y mil excusas más para no dejarle tener uno.

Fuimos a la protectora del condado y adopté al pequeño Max, un cruce de labrador que tenía tan solo dos meses. Fue una buena terapia para mí tener que cuidar a un pequeñajo de dos meses, prácticamente como si fuera su madre.

Llegó la Navidad. La más triste de mi vida; sin John no iba a ser lo mismo. Recuerdo cuando las niñas eran pequeñas y él se vestía de Santa Claus para darles tan tierna sorpresa. Era tan increíble mi marido… Ese vacío jamás podría ser llenado por nadie y eso que en el vecindario ya me habían rondado varios pretendientes, cosa que consideré no solo de osadía, sino también insultante, pues nadie estaría jamás a su altura.

John me había dejado sola, pero también con mucho dinero por su seguro de vida y las acciones de la empresa que presidía y que, con suerte, algún día estaría en manos de mis hijas. Yo iba a los consejos de administración y a alguna reunión, aunque ni de lejos podía dedicarme tanto como lo hizo él y por eso lo delegué todo en su mano derecha.

Talbot Inc., nuestra empresa de productos dietéticos iba viento en popa y había sobrevivido a varias crisis. Económicamente estábamos a salvo.

Yo no era tonta y sabía que mi nueva situación de viuda joven, resultona y con dinero, atraería a todos los buitres de la ciudad, que no dejarían de revolotear a mi alrededor cercando a la presa. Pero en mi interior tenía claro que no necesitaba una nueva pareja en mi vida, pues ya hubo una; mi elegido, John. No entraba en mis planes, ni de lejos, reemplazar ese vacío con otro hombre.

14

Recomponiendo mi vida

—Ellen, ¡apúntate conmigo al gimnasio! —me sugirió Sue, mi hermana.

—Si tenemos uno en casa, no nos hace falta.

—Es para que socialices. Ya hace siete meses que murió John y sigues recluida en estas cuatro paredes. Te pasas el día arreglando el jardín y acariciando a Max.

—No, si tienes razón, pequeñaja —respondí a mi hermana llamándola como solía hacer cuando éramos niñas—. Debería hacer más vida social, pero lo de apuntarme a un gimnasio, no sé…

—Será divertido. Además, a mí también me conviene salir y conocer gente. Tras mi divorcio aún no he tenido ni una sola cita. ¡Qué triste! Todavía estoy en edad de merecer.

Sue era cinco años menor que yo y este era su segundo divorcio. No tenía demasiada suerte con el sexo opuesto. Se notaba que quería ir a por el tercero, cosa que entendía perfectamente. Había sido dotada genéticamente por la belleza de mamá, que fue una mujer extremadamente elegante y hermosa. Yo me parecía más a mi padre y, aunque todo el mundo me decía que era una mujer guapa, ella, sin duda, me superaba con creces.

Mis padres murieron hacía ya unos años. A mi padre se lo llevó un cáncer siendo muy joven y mamá le siguió al poco tiempo después de sufrir un aparatoso accidente doméstico. Solo me quedaba Sue por ese lado de la familia y, mi hermana lo es todo para mí. Hemos jugado mucho juntas y siempre nos hemos llevado bien pese a tener caracteres muy dispares; yo era su confesora y le guardaba el secreto de sus muchas trastadas.

Contrariamente a Sue, que ya llevaba dos matrimonios fallidos a sus espaldas, cuando conocí a mi marido supe que iba a ser el hombre de mi vida, aunque nadie apostaba por nosotros y, aún no sé por qué. Quizá por nuestra juventud; no obstante, el tiempo demostró que no nos equivocábamos.

—Vale —contesté a mi hermana cogiéndola de la mano—. Me apuntaré, pero yo elijo a qué. Estoy dudando entre taichí o yoga.

—¡Madre mía! Estás muy desfasada, Ellen. En esas clases no hay hombres disponibles, casi todas están abarrotadas de mujeres.

—¿No se trata de socializar?

—Sí… y de paso conocer a mi tercer y definitivo marido, espero.

Reímos juntas un rato y recordé que hacía meses que no lo hacía. Ya iba siendo hora de recuperar mi alegría, aunque nunca sería como antes, eso es lo que él hubiera querido.

—¿Sabes, Sue? —pregunté— Esta noche te invito a cenar al Bistró francés que hay cerca de Rodeo Drive y luego nos iremos a tomar algo ¿qué te parece?

—Genial Ellen ¡empecemos a socializar hoy mismo!

Por primera vez en muchos meses quise arreglarme para salir. Tomé un baño relajante, me maquillé ligeramente, descubriendo con ello la aparición de una nueva arruga en mi rostro. Sequé mis cabellos y me puse un bonito vestido, regalo de John y, que ni siquiera había estrenado. Me miré en el espejo y pensé en lo que estaba haciendo. En realidad, no ganaba nada quedándome en casa sumiéndome en una tristeza que me llevaría al fondo de un pozo. Debía reponerme por mí y por mis niñas. Tampoco era justo para ellas, que ya tenían bastante con la pérdida de su padre.

Sue estaba bellísima con su escotado vestido negro de cóctel. Desde luego yo no le iba a hacer ninguna sombra.

Decidimos ir en un taxi y no conducir esa noche. Era bastante probable que tomáramos vino y algunas copas después, y no era prudente ponerse al volante.

—¿Habías estado antes aquí? —pregunté a Sue al llegar al restaurante—. Hacen los mejores *escargots* del país e incluso de Francia, diría yo.

—Sí, vine una vez con Daniel, aunque es igual, no me gustan los bichos esos. ¡Qué asco! Pero también tienen buenas ostras y caviar, por no hablar del Champán.

—¡Ya veo que esto me va a salir por un ojo de la cara! —bromeé—. No importa, estamos aquí para pasarlo bien, cariño.

Seguramente debía ser Sue la que cuidara de mí en esos momentos, sin embargo, no podía evitar ejercer de hermana mayor a la menor oportunidad, cosa que hacía de buen grado.

Cenamos muy bien, como era de esperar. Pagué la carísima cuenta y nos fuimos a tomar unas copas a una terraza cercana. Allí disfrutaríamos de un ambiente muy selecto y seguramente de muchos hombres disponibles para Sue.

—¿Has visto a ese de allí? —comentó señalando discretamente a un hombre que se hallaba en otra mesa, a pocos metros.

—Es totalmente tu tipo.

—Yo pensaba más bien en ti…

—Sabes que no tengo ningún interés en ello —contesté sin titubear y con un tono serio—. No necesito a ningún hombre.

—Eres joven y muy guapa, Ellen. No me negarás que no has notado cómo te mira.

—Es que me da igual, Sue. No quiero a nadie en mi vida porque jamás, nunca, ningún otro podrá ocupar el vacío que me ha dejado John y, te diré que la idea de salir esta noche era para compartir un rato entre hermanas y no para salir de caza. Yo al menos no.

—No te enfades, cariño. Sé que le has amado por encima de todas las cosas y también sé que es pronto para que te des la oportunidad de conocer a alguien. Por supuesto, también sé que John es irreemplazable. Perdona si te he molestado.

Mi hermana me abrazó al observar mis ojos cristalizados.

Solía salir con mi marido un par de veces por semana a cenar y habíamos visitado esa terraza en múltiples ocasiones. Me sentí muy rara al estar allí sin él. Ese lugar me traía muchísimos bellos recuerdos. Aunque eso me pasaba en todas las esquinas. Todo me recordaba que él ya no estaba conmigo.

—No pasa nada —contesté—. Es que le añoro muchísimo…

—Lo sé. Era muy especial, una bellísima persona.

—Y muy guapo —añadí.

—Ciertamente sí; era guapísimo.

91

—Verás, Sue, tengo algo que comentarte —cambié de tema—. Llevo semanas dándole vueltas. Quiero hacer algo con mi vida y, me refiero a hacer algo que me mantenga ocupada y que no sea ir a los consejos de administración de Talbot Inc.

—Y ¿a qué te refieres exactamente? ¿A hacer voluntariado en algún hospital de la ciudad? ¿Montar una floristería?

—John me ha dejado en una posición muy desahogada. No necesito trabajar ni montar un negocio para sobrevivir; no obstante, necesito hacer algo que me llene. Quizá lo que has comentado del voluntariado sea buena idea. De hecho, es algo a lo que le he dado millones de vueltas, pese a saber que es una locura.

—Me apunto a ayudar en todo lo que haga falta.

—Necesito atar ciertos cabos, pero había pensado en montar una ONG o algo parecido, aunque aún no lo tengo decidido del todo.

Unos años atrás visité Camboya con mi marido y me encantó el país. Tenía conocimiento de que la posición de la mujer en aquel lugar estaba en clara desventaja. Normalmente tienen pocas posibilidades laborales, ya que su destino suele ir ligado únicamente al cuidado de los hijos y, de hecho, muchas de ellas dejan el colegio a edades muy tempranas, o bien para ayudar en la crianza de sus hermanos menores, o porque sus padres no pueden permitirse escolarizarlas; y, lo peor, es que muchas de ellas viven en situación de maltrato familiar, incluso dedicándose a la prostitución en condiciones muy adversas. Era terrible ser conocedora de todos estos hechos y no poder hacer nada. Quizá había llegado el momento de actuar.

Esa noche, pensando mientras estaba en la cama, llegué a la conclusión de que tenía que hacer algo por esas mujeres: las iba a ayudar en todo lo que me fuera posible.

Esa mañana, al levantarme, decidí reunirme con mi abogado para explicarle lo que quería llevar a cabo, para que me ayudara a trazar unos objetivos claros y realistas. Durante la noche no conseguí dormir apenas y mi cabecita ya había ideado un croquis de la labor que quería desempeñar; un hogar para mujeres en situación desfavorable, donde se les daría alojamiento, sustento y formación profesional para el futuro. Por supuesto iba a informar a mis hijas de todo el proyecto una vez definido.

Ni siquiera sabía si como extranjera eso sería posible, pero lo iba a intentar por todos los medios y buscaría las alianzas necesarias.

Durante el desayuno le expliqué a Sue mis ideas y, tal y como me dijo la noche anterior, quiso colaborar en todo lo posible. Ella también se encontraba en una buena situación económica y tenía tiempo libre. Lo único que yo pedía era que la persona que se aventurara conmigo en este proyecto lo diera todo. No me valían las medias tintas y, no se trataba de hacer la buena acción de año o postureo en Internet. No sabía a ciencia cierta dónde me iba a meter o con los socavones que me iba a encontrar por el camino; sin embargo, estaba decidida a hacerlo.

Esa mañana, tras la ducha, me sentí llena de vida. Obviamente nada me iba a devolver a John, pero mantenerme ocupada con un tema que me inquietaba a la par que me angustiaba, iba a ser también una terapia para mí. Sé que él me hubiera apoyado, pues era un hombre muy solidario y con principios. De hecho, yo seguía colaborando en su nombre en numerosas entidades benéficas en las que solíamos aportar nuestro granito de arena.

Tras charlar con mis abogados y de constatar que el tema era viable, obviamente, lo primero sería visitar Camboya de nuevo e informarme de muchísimas cosas, así como encontrar colaboradores. Necesitaba a alguien local que hablara inglés para que me ayudara.

Me dirigí al despacho de Nathan Flanders, mi abogado de confianza, con la libreta llena de ideas, sabiendo que todo iba a ser muy difícil y que en esta aventura me iba a dejar la piel hasta extremos incalculables.

15

Free Women

—Ellen, es una gran idea —dijo Nathan tras exponer mis intenciones—. Difícil y arriesgada, no cabe duda. Aun así, no dudes en que te ayudaré en todo lo preciso y necesario, a recabar información, documentación y todo lo que necesites. Mi *bureau* está a tu entera disposición.

—Muchísimas gracias —contesté decidida, ya que tras muchos meses de letargo por fin encontraba un motivo por el que seguir adelante con firmeza—. Confieso que ahora me ha entrado un poco de miedo. Pensé que me lo ibas a quitar de la cabeza.

—Es una idea un poco loca, lo reconozco, pero sé cómo eres. No en vano nos conocemos desde hace más de veinte años y sé que si te propones algo lo harás bien.

Estuvimos un par de horas charlando no solo de mi proyecto, sino de la vida en general. A Nathan y su esposa, Rose, nos unía una amistad que iba más allá de la relación abogado-cliente. De hecho, él fue uno de los primeros en llegar a casa el día en que John murió y se encargó de los interminables trámites legales.

Llamé a mis hijas y acordé ir a verlas ese mismo fin de semana para explicarles mis planes. Reservé un vuelo a Nueva York, donde estudiaban, con la ilusión no solo de volver a estar con ellas, también con muchas ganas de que participaran en este bonito proyecto. Estaba segura de que no iba a suponer un problema, pues mis chicas ya tenían su vida encarrilada y con un futuro que se prometía brillante. Además, ambas se hallaban a seis horas de avión por una larga temporada y, conociéndolas, era hasta bastante probable que se involucraran de alguna manera en esta aventura.

Al llegar a casa contacté por correo electrónico con varias ONG que operaban en Camboya para recabar información de primera mano.

Una de mis mejores amigas de la universidad trabajaba en una de las más importantes, dedicada a proyectos médicos en África y Asia. También me puse en contacto con ella para vernos tranquilamente y, ya de paso, ponernos al día, puesto que hacía meses que no sabía nada de su vida. Marie viajaba muchísimo por su trabajo y no iba a ser fácil que nos viéramos. Deseaba explicarle todos los detalles y recibir muchos consejos por su parte que, estaba segura, serían muy valiosos.

Mientras más información recibía del lugar donde iba a sentar el campamento base, en la capital de país, más me emocionaba, pero también un cierto miedo recorría todo mi ser; podía incluso ser peligroso para una mujer sola adentrarse en según qué ambientes. Sin embargo, no iba a dar un paso en falso ni hacia atrás. Si alguna cualidad positiva tengo es que soy fuerte y tenaz.

Recibí en pocos días respuestas a todos mis correos, entre ellas la de Marie que, casualmente, se hallaba en Los Ángeles. La emplacé a cenar en casa tras mi vuelta de Nueva York.

Hice las maletas con el tiempo justo, y un taxi me recogió para llevarme al aeropuerto. Allí tomaría el avión que me llevaría a ver a mis hijas. Ellas intuían que algo tramaba, me conocían bien, aunque no tenían ni la más remota idea de lo que pasaba por mi mente.

Para más emoción, Hayley me avanzó que estaba saliendo con un chico de forma más o menos estable y me lo quería presentar. Cogí ese vuelo contenta y deseando llegar y abrazar a mis pequeñas. Imaginarlas como son, mujeres libres e independientes, cultas y preparadas para el mundo laboral y la vida en general, me dio la idea del nombre que iba a llevar mi ONG: Free Women.

Quería que esas mujeres tuvieran oportunidades, y mientras más conocía de su situación, más quería ayudarlas. No tenía ni idea de lo peligroso que se podía tornar todo.

Aterricé en el JFK, puntual, lo cual era muy novedoso.

Allí estaba Courtney esperándome. Hayley estaba en casa e imaginé que recogiendo todo para que no me quejara de su habitual desorden. Las niñas no vivían en la residencia de estudiantes, lo hacían en un piso que les alquilamos junto a una tercera compañera, Hanna. Era lo mejor, ya que en las residencias hay demasiadas distracciones, y nosotros queríamos que estuvieran centradas en lo suyo. De hecho, cuando lo hablamos, ellas estuvieron de acuerdo en todo momento. Era un apartamento cuco, cerca de la Universidad y a la vez cerca de la ciudad. Tenemos amigos por allí, y si hubiera cualquier problema enseguida estarían atendidas. Era la primera vez que me separaba de mis hijas durante tanto tiempo, por lo que al principio no lo llevé nada bien, agravándose tras la muerte de mi marido.

Nunca ejercí mi profesión, puesto que cuando acabé la carrera nos casamos y enseguida me quedé embarazada. ¡Dos de golpe! Un gran trabajo y muchísimo sacrificio. Pese a tener una posición más que acomodada, quise ser yo quien las criara. Simplemente las dejaba al cuidado de alguien de confianza cuando acompañaba a John en algún viaje de negocios o en otras pocas ocasiones contadas con los dedos de una mano. Para mí mis hijas son mi prioridad, pero ya no me necesitan como antes.

No me arrepentí nunca de no ejercer de psicóloga profesionalmente; sin embargo, sí lo hacía en innumerables ocasiones con mis familiares y amigos, aunque ellos no se dieran cuenta. Deformación profesional…

Alguna vez me apuntaba a algún simposio para no perder el contacto con mi sueño de juventud y seguir conectada de alguna manera a mi carrera.

John siempre decía estar muy orgulloso de mí. Una vez las niñas crecieron, me animaba mucho a reciclarme y ejercer, pero no vi nunca el momento de ponerme las pilas. Me daba pereza y una cierta vergüenza dada mi edad.

Había colaborado alguna vez como voluntaria en algún asilo, así como en el hospital infantil. Cuando necesitaban mis servicios, lo hacía encantada y desinteresadamente. Era otra manera de ejercer.

Courtney estaba preciosa. Su larga melena castaña clara y sus ojos entre un azul y un verde mar brillaban con fuerza. Me abrazó.

—¡Mami! —suspiró— te he echado de menos…

—Y yo a ti, tesoro. ¿Qué tal va todo?

—Muy bien. Este semestre nos están dando mucha caña, pero ya sabes, sobreviviré. Y tú ¿cómo estás?

—Bien. Añorándoos mucho.

Mi hija me besó en la mejilla. No podía quejarme, eran dos chicas maravillosas y nos entendíamos a la perfección. Había tenido suerte con ellas, nunca me dieron un disgusto y eran consecuentes, respetuosas y educadas: el sueño de una madre.

—¡Vamos a casa! Hayley está preparando la comida. Ahora le ha dado por hacer experimentos culinarios y tanto Hanna como yo, nos pasamos el día haciendo de conejillos de indias.

—¡Vaya sacrificio! —bromeé— tienes alguien que te cocina rico, ¿y te quejas? ¡Ay mi niña! —la cogí de la mano como cuando era pequeña.

—Tengo muchas ganas de que me cuentes tus planes. ¿Qué estás tramando?

—Creo que os va a encantar. —Courtney sonrió poniendo a la vista su perfecta sonrisa, heredada de John.

De camino a casa, paramos en una tienda y compré un buen champán. Hanna se había ido fuera el fin de semana y tendría a mis hijas para mí sola.

—Esta noche podríamos ir al cine si te apetece, mamá.

—Genial cariño.

Al llegar, Hayley, la más sensible de las dos, se echó a llorar al verme. Hacía dos meses que no nos veíamos. Demasiado tiempo.

—Mami…

—Cariño. —Se me escapó una lágrima—. ¿Cómo estás?

—Bien. ¡Tenía muchas ganas de verte!

—Y yo a vosotras, cariño. ¡Qué bien huele! ¿Qué nos has preparado?

—Estoy haciendo cocina asiática. Sé que te gusta y es algo diferente.

—Me parece muy buena idea. ¿Dónde has aprendido?

—Es una de las cosas que te quería explicar, mami. Mi novio… es de origen japonés.

—Novio. ¡Qué bien suena! ¿Lo voy a conocer?

—Mañana le he invitado a comer fuera con nosotras. ¿Te parece bien?

—Claro que sí. ¿Vais en serio?

—Sí. Llevamos meses saliendo y estamos enamorados.

—Así que japonés… qué curioso.

—¿Te molesta?

—No, ¡por Dios! Cariño, tan solo me sorprende.

—Se llama Hikaru y estudia Derecho, como yo. Es un gran chico mamá, te va a gustar.

—Si te gusta a ti, yo ya soy feliz.

Abracé a mis chicas y me sentí, una vez más, orgullosa de las mujeres en que se habían convertido.

16

Me encanta cuando las cosas salen bien

Tras explicarles a mis hijas todo lo que estaba organizando, solo obtuve aprobación y admiración a partes iguales. Tal y como intuía, ellas prometieron colaborar tanto como les fuera posible. ¡Ya estaban peleando a ver quién venía primero!

De hecho, ambas son chicas muy comprometidas, desde siempre. Aún recuerdo cuando, con quince años, organizaron unas jornadas benéficas, rifas y demás, en favor de los niños más desprotegidos de América. Me sentí muy orgullosa de ellas.

Conocí al novio de mi hija. Nacido en los Estados Unidos e hijo de una importante familia japonesa. Sus padres tenían negocios en el sector de la electrónica. La verdad es que el chico era lo que se dice un «buen partido», aunque lo que realmente me importaba es que amara a mi hija. Hayley es una chica enamoradiza; sin embargo, no es para nada era la típica que presentaba a sus novios a la primera. En realidad, excepto a George, un chico con el que salió unos meses en el instituto no había conocido a ninguno más. Hikaru se veía un chaval inteligente, deportista y muy sano. Me gustó y lo que más me emocionó era lo bien que la trataba. Quería un amor para ellas como el que yo había tenido con John.

Courtney era otro cantar, lo que se dice un alma libre. Salía con chicos; no obstante, no buscaba nada serio. También lo veía normal, dada su juventud y carácter independiente.

Esa misma noche cogí el vuelo de vuelta a casa. El siguiente paso sería reunirme con más personas entendidas en el tema y viajar a Camboya tan rápido como fuera posible.

Llegué a casa. Max y mi hermana me esperaban encantados.

El pequeñajo vino hacia mí moviendo la colita tan rápido que se oía hasta un zumbido. Ya no me lo quité de encima casi hasta la mañana siguiente, pues le había cogido el gusto a dormir en mi habitación y, ese día como excepción, en mi propia cama. Supongo que, a su manera, echaba de menos a su mamá.

Mi hermana seguía en busca y captura de un nuevo marido, aunque no lo verbalizara. La conocía lo suficiente como, para sin pronunciar palabra, saber lo que se cocía en su cabeza. La pista definitiva fue que se había apuntado a un crucero con otras amigas divorciadas. Yo fui invitada, por supuesto, pero dado que nuestros intereses eran totalmente opuestos, amablemente rechacé la invitación.

Me iba a quedar de nuevo diez días sola, pero mi agenda estaba tan apretada entre reuniones, papeleos, y demás, que no me importó. Unos meses atrás hubiera significado otra cosa bien distinta.

Al fin llegó el día de la cita con Marie, mi amiga médico de la ONG, por lo cual aproveché para preparar mi famoso asado para cenar. Caí en la cuenta de que no lo cocinaba desde que John murió; era uno de sus platos preferidos. Me entristeció y pensé que debía hacer estas cosas más a menudo para tratar de normalizarlas. Además, la cocina me relajaba y podía pensar con tranquilidad cuando estaba entre fogones.

Preparé la mesa con esmero, tenía ganas de este encuentro, pues ella me iba a proporcionar muchos contactos e información valiosa.

Marie llevaba muchos años en esto. De chiquillas, las dos estuvimos en un campamento, y allí empezó a forjarse nuestra amistad. Ella tenía clarísimo que se iba a dedicar a lo que realmente quería, que era ayudar donde más se la necesitara y así ha sido. El peaje; sin embargo, ha sido demasiado alto ya que no ha podido tener una familia; los continuos viajes a los rincones más recónditos del mundo se lo han impedido. Tampoco la veía ligada a una sola pareja y sentando un «campamento base» definitivo. No me hubiera cambiado por ella, pero sentía una envidia sana por haber cumplido su sueño: hacer lo que realmente el cuerpo le pedía.

Tras nuestra larga cena donde estuve comentando todo mi plan con pelos y señales, Marie me animó. Es más, se ofreció a colaborar en la medida de lo posible. Era maravilloso poder contar con una doctora en la plantilla.

No me podía creer que tuviera a todos los astros de cara. Estaba resultando sencillo encontrar los apoyos necesarios para llevar a cabo mi proyecto. Free Women pronto iba a hacerse realidad.

A la mañana siguiente me contactó una mujer australiana que vivía en Phnom Penh y que lideraba allí un proyecto con niños. Me habló de la delicada situación política y social que estaba sufriendo el país; de la sensible economía y cómo no, me habló de la explotación de la mujer.

—Señora Talbot, esto no deja de ser muy arriesgado —intervino tras exponerle una idea general del proyecto—. Conviene que tenga alianzas con personas locales y prepárese para lidiar con una mafia muy peligrosa. La prostitución infantil no está permitida, pero le aseguro que miran hacia otro lado. Este es un negocio muy lucrativo del que mucha gentuza saca partido. Quiero que sepa que también hay policía corrupta y estará usted muy expuesta. Aquí la vida no es fácil.

Hablamos largo y tendido y me dio muchísimos detalles y consejos, algunos de ellos me aceleraron el pulso, aunque ya sabía al menos por dónde empezar a investigar. Sentía miedo, sobre todo a lo desconocido, y un profundo respeto; sin embargo, nada iba a suponer una barrera.

Recordé que Fred, uno de los mejores amigos de mi marido y también de la familia, trabajaba en el FBI. Le contacté, pues él había operado en Asia en diversas ocasiones. Si la pederastia de por sí me daba asco, ser conocedora de que muchos de estos delincuentes son compatriotas míos, me asqueó todavía más. Muchos de estos monstruos son felices padres de familia y llevan una vida normal. No puedo ni quiero entender por qué sus bajos instintos les llevan a cometer ese tipo de delitos con los más frágiles: los niños.

17

Ocho meses después: Phnom Penh

Tras meses de tediosa burocracia ya tenía todo lo necesario para viajar a Camboya. Mis billetes para dentro de tres días no dejaban lugar a dudas; me iba a Phnom Penh. Reconozco que temblaba ante la idea de dejar mi cómoda vida en los Estados Unidos para cambiarla por una muchísimo más modesta en la otra punta del mundo.

Algunas de mis amigas me llamaron loca y lo comprendo, pues es una auténtica locura meterse en la boca del lobo de forma tan directa, aunque hice caso omiso a sus advertencias.

Marie me acompañaba en esta ocasión. Nos habíamos asociado con gente local para poder tener un lugar, un refugio desde donde empezar. La idea era rescatar a las chicas de la calle, especialmente a las que estaban cautivas contra su voluntad y hacer algo por ellas, lo que estuviera en nuestra mano. Yo tenía en mente darles clases de inglés y de cocina y formarlas para trabajar en el sector turístico, algo que tiene mucha salida en el país.

De momento, íbamos a tener una primera toma de contacto con la gente y ver el ambiente. Era mi tercer viaje a Camboya en estos ocho meses de gestiones, pero esta vez iba para quedarme por lo menos tres o cuatro.

Mis hijas me regalaron un colgante diseñado por ellas con el logo que íbamos a utilizar en la ONG y que eran dos manos unidas. Lo prendí de mi cuello y recogí el equipaje, que llevaba en exceso, ya que en los últimos meses había recopilado entre el vecindario cosas útiles y ropa para utilizar allí para beneficio propio, y también con el ánimo de donarlas a otras asociaciones que pudieran necesitarlas.

Tenía miedo. Era una sensación muy racional y normal dadas las circunstancias, pero a la vez nunca me había sentido más empecinada con algo.

Era una mujer metida en los cuarenta, con dos hijas ya mayores, viuda y con muchas ganas de hacer cosas por los demás. Tenía una vida más que cómoda pero no pensaba instalarme en una depresión. Quería hacer algo que marcara la diferencia y que me hiciera sobrellevar la muerte del amor de mi vida, algo por lo que sentirme realizada y por lo que John, estuviera donde estuviera, se sintiera orgulloso de mí. Quizá lo hice para salvarme a mí misma. En cualquier caso, mi corazón sabía que era la decisión correcta. Nada más aterrizar, nos fuimos directamente al refugio donde nos instalamos. Habíamos reservado una zona para nosotras en el piso superior para tener más intimidad, pues íbamos a ser, con diferencia, las que más tiempo permaneceríamos allí. Supervisé con cuidado todas las zonas de la casa: la clase, los dormitorios aún vacíos pero listos para ser utilizados, la enfermería, la cocina… Era un lugar muy humilde, aunque era un comienzo con el que ni siquiera había soñado. Era perfecto y transmitía la calidez que seguramente tanto necesitaban.

Esa misma noche, Marie y yo, junto a dos personas que habíamos contratado para protegernos en caso de necesidad y para ayudarnos con el idioma, salimos a inspeccionar la zona más conflictiva y ver qué nos podíamos encontrar en los distintos escenarios.

Cogimos el coche alquilado y recorrimos callejuelas llenas de mujeres vendiéndose al mejor postor. Algunas de ellas apenas eran púberes. Nos fijamos en cómo sus chulos observaban con atención todos sus movimientos a una distancia prudencial pero cercana. Era extraño estar allí y no poder cogerlas de la mano a todas ellas y llevármelas. Eso hubiera sido extremadamente peligroso, no solo para nosotros, también para esas chicas.

Conseguí dar mi tarjeta con el número de contacto de Free Women a varias de ellas, con mucha discreción. En el reverso tenía escrito: «llama y te ayudaremos sin pedir nada a cambio». No esperaba para nada un aluvión de llamadas, aunque sí, al menos, deseaba con todo mi corazón que esas chiquillas supieran que no estaban solas y que una mano les era tendida para ayudarlas a salir del pozo.

Muchos compañeros de otras ONG me decían que eran muy reacias a salir de ese mundo, pues no habían conocido nada más y era lógico.

¿Cómo cambiar ese modo de pensar? Pues insistiendo y dejándome ver. Si durante la primera noche nadie me conocía, tras pasar por allí una veintena de veces, la cosa podría cambiar.

Descubrí que no solo la calle albergaba ese tipo de ruin negocio, también se llevaba a cabo en locales cerrados con público escogido por internet y al mejor postor. Era terrible saber que subastaban a niñas que apenas menstruaban, y en mis pensamientos no entraba nada más que asistirlas.

Creé un perfil falso en una red social y me hice pasar por un hombre americano en busca de sexo. No tardé en recibir respuestas de locales que anunciaban sus trofeos, con fotos incluidas. Niñas, adolescentes y adultas. Al instante sentí arcadas y fuertes punzadas en el pecho.

Marie indicó que era muy peligroso meterse de lleno en las mafias; sin embargo, eso era justo lo que pretendía: desmontarlas a todas. Lo sé, era una utopía; no obstante, mi corazón no tenía en consideración otra posibilidad.

Me puse a investigar un club en concreto, frecuentado sobre todo por ciudadanos norteamericanos. Afortunadamente, mis contactos con el FBI me sirvieron para tener una cierta protección en la ciudad. Había agentes destinados allí y para mi amigo Fred Wilson, que justamente se encontraba en la capital, mi seguridad era lo primero.

Casualmente, esa noche estaba prevista una redada en ese mismo local que llevaba meses siendo investigado. Me preparé para, a la salida, recoger a cuantas chicas me fuera posible.

Cogimos la furgoneta y esperamos las órdenes del jefe de equipo, prometiendo no entrar en el club en ningún momento.

Mis piernas temblaban, así como mis manos. Marie me cogió una de ellas.

—Todo va a salir bien, Ellen. Tranquila —susurró a mi oído.

—Estoy muy nerviosa… ¿Y si sale mal y empiezan a disparar? ¿Y si muere alguna? —un miedo inenarrable se apoderó de mi ser.

—El riesgo siempre existe, pero son profesionales. Van a la caza de un pederasta muy buscado, no solo aquí, también en Tailandia y Birmania, apodado Cruel Bill. Me lo ha comentado el inspector al cargo. Llevan meses tras de él… Es un sádico.

—Se me parte el corazón, Marie.

Llegó la policía camboyana y con la colaboración del FBI entraron en bloque. Se oyeron gritos y disparos. Luego supe que fueron disuasorios, no hubo heridos. Me tapé los oídos con las manos. Mis piernas temblaron. Estaba aterrorizada.

Allí mismo arrestaron al malnacido de Cruel Bill y a otros delincuentes más, incluyendo al jefe del garito.

Algunas de las chicas salieron corriendo despavoridas, semidesnudas. Pude ayudar a algunas de ellas y ponerles algo que las cubriera.

De repente, una niña con los ojos llenos de miedo agarró mi mano temblando... Ambas temblábamos.

—¡Ayúdame, por favor! Soy Moon, ¡ayúdame, por favor! Mis hermanas están dentro... Necesitamos ayuda, por favor...

18

Ira

Sus ojos transmitían tanto; ira; terror; miedo; soledad… y, a la vez, un inmenso amor. Tenía unos sentimientos tan entremezclados entre sí que ni yo misma lograba entenderlos. La abracé. Como si la hubiera parido yo. Necesitaba una figura maternal.

—No te dejaré sola, Moon.

Tuvimos que salir precipitadamente de allí y no pude atenderlas a todas.

Moon seguía temblando a mi lado. Ni siquiera lloraba. Sus ojos permanecían secos, idos… ¡Eran ojos llenos de sufrimiento!

Llegamos al refugio y proporcioné a las pocas chicas que pudimos rescatar, alimentos, ropas y, sobre todo, lo que más necesitaban: cariño… calor de madre, ese que posiblemente nunca habían sentido.

Marie se sentó con nosotras.

—La pesadilla ha acabado —se dirigió a ellas—. Aquí estaréis a salvo.

—¡Nos matarán! —intervino Moon—. Nos encontrarán y acabarán con nosotras. Somos escoria.

—No lo voy a permitir —interrumpí la conversación—. Vamos a acabar con ellos y vosotras estáis bajo nuestra protección.

—¡No te enteras! —exclamó otra de las chicas que dijo llamarse Brandy— ¡Somos esclavas! ¡Nos compraron! ¡Como si fuéramos ovejas! ¡No es tan sencillo!

—La policía americana está con nosotras. Aquí estaréis bien —intenté calmarlas.

—Les debemos mucho dinero —Moon habló de nuevo con la mirada fijada en la pared—. Nos lo recuerdan cada día de nuestra existencia.

Nos fundimos en un abrazo conjunto y noté que a esas pobres niñas les faltaba lo esencial: amor. ¿Por qué? Pensé en mis hijas y se me rompió el corazón.

Pudieron asearse y les proporcionamos ropa limpia. Dejaron atrás los minishorts, las lentejuelas y los escotes propios de la profesión que estaban forzadas a ejercer.

Moon apareció ante mí y me saludó con una reverencia, mostrándome todo su respeto.

—No es necesario que hagas eso —puntualicé cogiendo su minúscula mano.

La manga de su camisa se remangó y pude ver diversas señales en su piel, algunas de ellas recientes.

La acaricié para demostrarle que lo único que deseaba era su felicidad. Ella seguía apenas sin hablar y con los ojos más tristes que he visto jamás en mi vida.

Marie había planificado para la mañana siguiente un chequeo para todas ellas.

Tanto Moon como las otras chicas estaban muy inquietas, inusualmente agitadas.

—Son drogadictas, lo sé —soltó Marie—. Es una práctica habitual aquí: las enganchan a las drogas para tenerlas aún más esclavizadas. Son unas chiquillas, ¡por Dios! Ellen —siguió—, va a ser muy difícil mantenerlas aquí. En cuanto les entre el «mono» querrán irse por la puerta. Mentalízate, puede pasar.

—¡Las ayudaremos! —contesté—. Algunas de esas niñas no aparentan tener ni trece años ¿cómo puede ser esto posible?

—Mañana, tal y como está previsto, las reconoceré y hablaremos con ellas. Haremos todo lo posible, lo que esté en nuestra mano, sin embargo, mi experiencia me dice que no siempre sale bien.

Llamó nuestro contacto en la policía y nos dijo que iban a extraditar a Cruel Bill, y que el dueño del burdel estaba arrestado, aunque bajo custodia de las autoridades camboyanas.

Dicho esto, no quisieron darme falsas esperanzas pues era muy probable que pagara a algún funcionario corrupto por su libertad y acabara en la calle como si tal cosa, pues era una práctica habitual. Me pidieron mucha prudencia, y algunos de los inspectores allí destinados ofrecieron su ayuda y protección en sus ratos libres. Les estuve muy agradecida.

Esa misma noche, cuando las chicas estaban ya acostadas, pasé por la habitación a verlas. Dormían. Se las veía a gusto, pero ¿cuánto iba a durar eso? Yo no era tan tonta… En el momento de la intervención ya me percaté de las pupilas dilatadas de Moon y supe que iba colocada. Solo esperaba que fuera recuperable.

La voz corrió por todo el barrio, y muchas personas nos trajeron comida y mostraron sus respetos, pero de forma sumamente discreta. Se trata de un secreto a voces, pero nadie puede hacer nada… No hay medios y también hay mucho miedo. Estas organizaciones son extremadamente peligrosas, a la par que poderosas y no dudan en quitar de en medio al que moleste, y esto el pueblo lo sabe. Es más, a algunos de los progenitores no les queda más remedio que deshacerse de sus hijos por no poder mantenerlos, especialmente los que viven en las zonas rurales y sin medios; muchos de ellos engañados con la mentira de un futuro mejor y lo que hacen es vender a sus hijos a mafias que se dedican al negocio de profanar cuerpos al mejor postor.

Durante los días siguientes, Marie verificó el estado de salud de las chicas: desnutrición; anemia; enfermedades de transmisión sexual; cicatrices por todo el cuerpo, señal de que habían sido maltratadas rozando la tortura y, por supuesto, drogadictas. El panorama era desolador.

Trazamos un plan de recuperación para todas ellas que incluía tomar vitaminas, antibióticos y más medicación. Por mi parte, las iba a ayudar mediante terapia psicológica y, en cuanto estuvieran mentalizadas, iniciaríamos los talleres para comenzar con su inserción laboral. Todo eso si querían seguir confiando en nosotras…

—Ellen, —Marie se dirigió a mí tras una jornada que nos dejó exhaustas— he hablado con unas personas que me harán llegar más medicamentos. Con lo que tenemos no hay ni para un mes y, cada vez tenemos más chicas.

Cierto era que, en esos pocos días, algunas de ellas tocaron a nuestra puerta de *motu propio*. Eran chicas a las que habíamos conocido durante las primeras noches y que se habían zafado de las garras de sus chulos; todas ellas muertas de miedo, intentando evitar de nuevo ser capturadas. Ya teníamos a ocho en el refugio, y todas ellas con un estado de salud similar.

—Gracias, Marie, no sé qué hubiera hecho sin ti.

—Hay una que me preocupa más que las otras.

—¿Moon? —pregunté sabiendo la respuesta de antemano.

—Sí. Tiene lesiones de una paliza muy reciente. Creo que deberíamos hacerle unas radiografías y aquí no tengo los medios.

—Hablaré con Fred, seguro que nos ayuda a encontrar a alguien que nos eche una mano.

—Okey. Otra cosa… —Marie respiró profundamente—. Esa niña ha sufrido mucho, es la que está peor anímicamente, puedo sentirlo. No te hagas ilusiones con ella, Ellen.

—¿A qué te refieres?

—No quiero asustarte, pero durante estos años he visto a niñas incluso suicidarse… El dolor te lleva a hacer locuras inimaginables. Es un caso que debemos seguir muy de cerca.

Soy psicóloga y sabía muy bien a lo que se refería Marie. Ni siquiera conocía la historia de Moon, pero su terror era tan tangible que podía olerlo desde la otra punta de la sala.

—Empezaré con ella. Está claro que está traumatizada, lo noté desde el primer instante.

—Hay una barrera idiomática importante.

—Sí, sin embargo, no es el impedimento que más me preocupa. Para que se abra a mí primero tendré que ganarme su confianza y hacerle saber que mi única meta es que ella se ponga bien. Sé que es un reto, pero puedo hacerlo.

—No te desanimes, esto es solo el principio.

Marie me abrazó cuando vio una lágrima derramarse por mi rostro. Sabía que no iba a ser fácil y que tenía que mantenerme fuerte para poder ayudar a estas chicas. No podía evitar pensar en mis propias hijas cuando las veía.

Nacer en un lugar u otro puede determinar el cauce de tu propio río y eso no es para nada justo.

19

Moon, la pequeña Chantrea

Tal y como sospechábamos, tras las oportunas radiografías, descubrimos que Moon tenía múltiples lesiones en su minúsculo cuerpo: costillas rotas mal soldadas; húmero fracturado; cardenales muy recientes, unos moretones increíbles; innumerables marcas de tortura por todo su ser; quemaduras de cigarrillos… Esperaba que estas pudieran mejorar, pero, aún con más ahínco deseaba que las cicatrices de su alma se curaran para siempre. Ese trauma era imposible de sanar sin una terapia adecuada y, aun así, era un reto difícil.

—Moon, quiero ayudarte —susurré—. Cuando estés preparada, te escucharé.

Notaba cómo Moon se sentía agitada ante la falta de las sustancias ilegales que había estado tomando durante los últimos meses, a pesar de que le estábamos suministrando mucha medicación para intentar paliar, aunque fuera en parte, el síndrome de abstinencia.

—No puedes ayudarme —mencionó con un hilo de voz.

—Déjame intentarlo. Ya llevas aquí diez días ¿cómo te sientes?

—Tengo muchas pesadillas, señora.

—Llámame Ellen, soy tu amiga, Moon. ¿Quieres hablar de ellas?

—No puedo… No quiero hablar de ello.

—Solo quiero que sepas que aquí estás a salvo.

—Vendrán a por mí… Puong lo hará, me matará. Me lo dijo la última vez.

—¿Quién es Puong? ¿El dueño del local del que te rescatamos?

—Sí. Me compró a Zhao hace un tiempo.

—¿Zhao?

—La señora Chen se ganó mi confianza y engatusó a mi madre, no fue difícil convencerla. Me vendió a Zhao. No se lo cuente a nadie. ¡Me matarán!

—No te preocupes. Nunca diré nada que vaya a perjudicarte. ¿Quieres que hablemos de tus padres?

—Mi padre murió hace tiempo y mi madre hace unos meses. Su espíritu vino a verme una noche para pedirme perdón.

—Moon, quizá esté viva…

—Imposible. Está muerta. Lo sé. Sueño con ella y está en el paraíso con mi padre.

—De acuerdo, bonita. Tu nombre es Chantrea, ¿verdad? Aunque sé que te gusta que te llamen Moon ¿Por qué?

—Cuando era pequeña, durante las noches, solía observar el cielo estrellado y me quedaba encantada mirando la luna… Podía pasarme así horas. Fue mi padre el que empezó a llamarme Moon.

—¿Qué tal era tu padre?

—Un hombre bueno. Siempre me explicaba cosas de cuando era un niño y también me hablaba de mis abuelos, a los que nunca conocí. Murió muy joven, no sé muy bien de qué, pero vivíamos del vertedero y nos pasábamos el día allí. Supongo que de alguna enfermedad.

—Lo siento.

—Por hoy ya es suficiente, señora Ellen.

Moon, con lágrimas en los ojos, se levantó y se fue a su habitación.

Se la veía sufrir hablando de su pasado, aunque debía empezar a hacerlo poco a poco para mitigar su dolor. No quería forzar la situación; no obstante, cuanto antes se tratara mejor resultado tendrían las sesiones. Era muy joven, pero hablaba con una madurez impropia de su edad y que te hacía estremecer.

Algunas de las chicas de mayor edad parecía que se amoldaban bien al refugio y a seguir las normas de la casa. Todas tenían asignadas unas tareas diarias que cumplir: colada, limpieza, cocina y, por supuesto, acudir a terapia.

La puerta no estaba cerrada como en una cárcel, no era ese nuestro propósito; y esa misma tarde, Brandy desapareció ante nuestra sorpresa. Dejó una nota en la que nos daba las gracias y no dijo nada más. Ni siquiera sus compañeras sabían nada de sus planes de huida.

Brandy era de las mayores. No podíamos retenerla en contra de su voluntad. Pese a ello, me preocupé y salí las siguientes dos noches a merodear por el barrio más peligroso de la ciudad a ver si la encontraba y podía convencerla de que volviera.

Tenía muy claro que se había marchado por las malditas drogas y la necesidad de consumirlas. En el refugio estaban totalmente prohibidas y, si quería seguir tomándolas, no le quedaba otra que salir de allí.

No la encontraba y casi la di por perdida cuando, a los seis días, volvió al refugio tras sufrir una tremenda paliza de su nuevo chulo. La acogimos de nuevo, e incluso pensamos que de la mala experiencia siempre hay que sacar algo positivo: ahí afuera todo se tornaba mucho más peligroso, y en nuestra casa había un futuro. No era un objetivo fácil de lograr puesto que tenían que trabajar muchísimo en su recuperación y, sobre todo, en dejar de consumir. Quizá el reto más difícil fuera convencerlas de que debían empezar a creer en sí mismas.

20

Puong, amo de pequeñas almas

Fred contactó conmigo esa mañana.

—Ellen, ¡ha salido!

—¿Quién?

—Puong, el dueño del burdel. El cabrón ha sobornado a algún funcionario y algunas de las pruebas concluyentes contra él han desaparecido de forma misteriosa. ¡Lo trincamos y no ha servido de nada! ¡Joder, estoy muy cabreado!

—Fred, ya esperábamos este desenlace. Estábamos sobre aviso.

—Lo tenemos bajo vigilancia, pero tenemos que ser discretos. No podemos acosarle, no está en nuestro país y podemos buscarnos un problema con las autoridades locales.

—Ándate con cuidado, Fred.

—Cerrad bien las puertas por la noche y no salgáis solas. No me extrañaría que quisiera recuperar a sus chicas… o eliminarlas. Son las únicas que pueden testificar contra él.

—Cómo se acerque aquí lo saco a escobazos.

—Ellen, ese tipo es peligroso y tiene mucho poder, ¡mira lo que ha conseguido!

—No te preocupes, estaremos bien —dije sin estar convencida—. Te llamaré si veo alguna cosa fuera de lo normal.

—No dejes de hacerlo. Tendré un par de hombres cerca del refugio siempre que me sea posible.

—Muchas gracias.

Fred colgó el teléfono y yo me recosté en la silla, pensando en que los siguientes días iban a ser de alta tensión. No tenía miedo más que por ellas. Marie se iba en pocos días de misión a otro país; si bien, prometió volver en unas semanas. Yo ya no podía pedirle más. Somos una organización pequeña y con pocos recursos; sin embargo, le ofrecí mi propio dinero, que rechazó. No era una cuestión monetaria, sino de compromiso con su propio trabajo, el que ejercía desde hacía años.

Una amiga de Marie, Diana, también médico, iba a venir a apoyarme durante el tiempo en que ella estuviera ausente y, junto a las tres personas locales que había conseguido reclutar como colaboradores, seguiríamos con el proyecto. No pensaba recular ni por falta de manos ni por Puong.

Me sentí abatida tras la llamada de Fred, pese a que no me sorprendió. Salí al pequeño porche de la entrada y encendí un pitillo. Hacía tres años que lo había dejado; a pesar de ello, llevaba días con la necesidad de fumar debido a los nervios ante la situación más difícil a la que me había enfrentado en la vida.

Miré a mi alrededor. Sentí cómo la humedad ambiental me calaba los huesos y, aun así, permanecí allí, impasible, hasta que el cigarrillo acabó de consumirse tras unas pocas caladas.

—Eso te matará, Ellen —Marie salió al ver una luz fuera—. ¿No lo habías dejado?

—Sí, hace mucho. Tampoco era la primera vez que lo dejaba. Lo he intentado en diversas ocasiones durante los últimos veinte años. Tampoco creo que un cigarro vaya a matarme con lo que nos está cayendo.

—¿Tienes uno? ¿Me invitas?

Marie me sorprendió, pues nunca la vi fumar tabaco, aun así, le ofrecí el paquete que guardaba en el bolsillo del pantalón.

—No fumo desde la universidad, claro que entonces fumábamos otras cosas... —Rio divertida, recordando nuestras pequeñas fechorías en la fraternidad.

—Estábamos un poco locas, es cierto.

—Son épocas. Ahora somos señoras respetables. ¿Crees que el dueño del burdel vendrá por aquí?

—Estoy casi segura, pero Fred nos está ayudando y tendremos su apoyo.

—¿No tienes miedo?

Encendí otro pitillo y de una sola calada consumí un tercio.

—Mentiría si te dijera que no; sin embargo, siento que mi lugar en este momento es estar aquí, junto a estas chicas.

—Volveré en unas semanas.

—Lo sé y te lo agradezco mucho, sin ti nada de esto sería posible.

—La doctora Hansen, Diana, es muy buena y te caerá genial, estoy segura. Llega en dos días. Me lo acaba de confirmar.

—¡Genial! Seguro que nos llevaremos bien.

Marie acarició mi hombro con cariño y volvió a entrar en la casa.

Me quedé observando la luna, que brillaba como nunca en la fase de plenilunio, poderosa, bella.

Moon vino de nuevo a mi cabeza. Era sin duda la más frágil de las chicas que allí teníamos; la que más dolor había soportado y no solo en el burdel. Lo poco que conocía de su historia me conmovía y me hacía sentir agredida cada vez que me explicaba algún detalle, aún sin profundizar. Intentaba comprender, imaginar los blancos de información que ella no me proporcionaba y mi corazón se disparaba. ¿Por qué una criatura tan inocente debía pasar por eso? ¿En qué mundo de mierda vivíamos?

Pese a estar muerta de miedo, más de lo que había confesado a Marie, mi alma ya pertenecía a ese pequeño trozo de tierra llamado Phnom Penh.

21

Un rayo de luz ilumina mi camino

Con cada día que pasaba, Moon se agitaba más y más. Necesitaba su droga y, aunque ella se resistía como podía, tuve miedo de que perdiera la batalla en más de un momento. No hablaba de ello y no intervenía apenas durante las sesiones.

Hacía ya tres semanas que estábamos trabajando con ella y las otras chicas, pero los medicamentos empezaban a escasear y sabía que era cuestión de días que en el refugio se viviera una auténtica revolución si no encontraba algo rápido para paliar su delirio.

Moví cielo y tierra para que me llegara ayuda urgente y siempre ocurría algo; o lo intervenían en la aduana o simplemente se extraviaba. Sin embargo, esa mañana recibí una gran sorpresa.

Fred se presentó con tres cajas enormes. Era Navidad en junio.

—¡Mira qué traigo!

—Fred ¡qué alegría! ¿Cómo lo has conseguido? —adiviné que una caja entera era de productos sanitarios por la enorme cruz roja que la marcaba. Las otras dos eran una incógnita, pero imaginé que serían cosas que nos irían muy bien.

—Tengo contactos… ¿Las abrimos?

—Por supuesto, lo estoy deseando.

Tal y como predije, la ayuda médica llegó: antibióticos, antipsicóticos, vacunas, fungicidas… ¡Aquella caja era el paraíso! También había un buen cargamento de alimentos básicos, especialmente latas y algo de ropa. Papá Noel se había comportado y oyó mis súplicas.

—¿Te ayudo a ordenarlo? —preguntó Fred.

—¡No te tomes más molestias! ¡Ya has hecho bastante! Lo haré con las chicas y así las tengo entretenidas.

—No es molestia, lo hago muy a gusto. —Fred rozó mi mano en un gesto cariñoso, inusual en él, pero no la aparté.

Guardamos todas las maravillas que trajo consigo y le obsequié con un té.

—¿Cómo está el pequeño David? —pregunté por su hijo.

—De pequeño poco tiene ya… está acabando la carrera, trabaja y prácticamente hace su vida solo. Vive en Miami cerca de mi hermana.

—¡Cómo pasa el tiempo! ¡Es una locura!

—¿Y tus chicas?

—Siguen en Nueva York, también acabando sus respectivas carreras. Son unas chicas fantásticas.

Fred me miraba embelesado mientras hablaba y, al poco rato, se disculpó con una excusa y se marchó. Imaginé que se sentía incómodo.

Me quedé pensando en mi marido, John. Hacía mucho que partió dejándome rota por dentro. Nadie podía sustituirle, aunque Fred estaba cruzando la frontera de amigo y ambos nos sentíamos un poco violentos. En el fondo me gustó que se preocupara por nosotras.

Fred se quedó viudo unos años atrás. Su mujer falleció de cáncer de mama a los treinta y seis años, dejándolo con un niño adolescente que sacó adelante prácticamente solo. Ya habían pasado bastantes años y nunca se volvió a casar pese a ser un hombre apuesto. Siempre me pregunté por qué seguía sin pareja. Mi hermana quiso echarle el guante, pero no coló. Salieron un par de veces; no obstante, todo quedó en una linda amistad.

Sue y yo solíamos hablar frecuentemente por Skype. Estaba muy ilusionada con una relación que empezaba, sin embargo, eso le ocurría a menudo y yo no estaba para nada esperanzada: se cansaba de los hombres a la mínima de cambio. No sabía qué quería en la vida y eso la llevaba a la deriva sentimental. Cosechaba ya dos divorcios y, aunque no tenía hijos, ambos fueron procesos traumáticos. Siempre pensé que solamente había estado enamorada de verdad de su primer marido, Daniel. Este se portó muy mal con ella; tuvo un lío con su secretaria a quien dejó embarazada y abandonó a Sue para casarse con ella. Tras este suceso, mi hermana se volvió desconfiada y aunque luchaba por tener con alguien lo que tuvo con Dan, eso no había ocurrido hasta el momento.

Yo fui muy feliz con John, y seguramente nunca encontraría a alguien de su talla; sin embargo, empezaba a abrir mi mente y, quizá mi corazón.

22

Moon. Lágrimas invisibles

Tenía terribles pesadillas. Todavía sentía el dolor por todo mi cuerpo, pese a que la señora Ellen me trataba bien. Tampoco el malestar del estómago cesaba. Mi carácter era inestable y me estaba volviendo paranoica…

Puong va a venir a buscarme, lo sé. No sé si quiero volver allí, pero necesito tomarme algo que me haga sentir mejor. Quizá sea la forma de sobrevivir en este mundo en el cual no encajan las chicas como yo.

La señora Ellen me explica que es cuestión de semanas que empiece a sentirme mejor. Yo soy un despojo, no soy recuperable y nunca seré normal. Estoy mancillada. ¿Quién va a quererme si soy una puta? ¡Una maldita puta drogadicta!

Ya he cumplido los dieciséis y pronto me iré de aquí, o me echarán, quien sabe.

¿Por qué quiere ayudarme? Si de algo me ha servido acostarme con tantos americanos es para saber que nadie da nada gratis. Siempre esperan algo de vuelta. Yo no valgo para nada. Ahora mismo ni siquiera sería capaz de trabajar en el vertedero donde lo hacían mis padres. Solo sé ser puta. Nadie me dará nunca otro tipo de trabajo. He pensado tantas veces en morir…

Ellen insiste mucho en que soy una niña lista, la que mejor habla su idioma y quiere darme clases particulares. También me han ofrecido hacer un curso de cocina, peluquería o de administración, pero no creo ser capaz de poder, pues solo sé lo básico. Me sentí amenazada cuando dijo que si no hacía algún taller no podría seguir con ellos… pero no puedo. Alguien con más interés ocupará mi lugar, y lo entiendo. Es que el cuerpo me pesa mucho y no reacciona a mis órdenes. Mi cabeza está en otro lugar y mi corazón llora lágrimas invisibles.

El chequeo médico indica que sigo teniendo el bicho. Supongo que no me lo curaron bien y tengo que seguir tomando las pastillas tres veces al día. Si no funciona podría perder la capacidad de tener hijos; ¿y qué más me da eso? Nunca los tendré. No quiero que ningún hombre vuelva a tocarme. Si lo hacen será en contra de mi voluntad y no podré sentir más que asco.

Esa tarde de reflexiones me empecé a encontrar muy mal. Tuve vómitos, diarrea y fiebre. Ellen vino corriendo, con cara de preocupación.

—Debes beber muchos líquidos o podrías deshidratarte. —Me acercó un vaso con agua y algo más que no supe identificar—. Tiemblas, tienes mucha fiebre.

La doctora Hansen se acercó y pidió hablar a solas conmigo.

—¿Sabes qué es lo que te pasa?

—No, pero no tengo miedo.

—Se llama síndrome de abstinencia. Es por tu adicción a las drogas.

—Deme algo y se me pasará.

—No puedo hacer eso. Tan solo puedo administrarte un tranquilizante para que pases mejor por esto. Es un trago duro, pero si lo superas saldrás adelante.

—Tengo escalofríos y siento como si me estuvieran acuchillando. ¿Puedo morir?

—Morirse no es una opción —acarició mi rostro mientras yo me retorcía.

Me inyectó algo que me calmó y dijo que no podía hacerlo a menudo. Me dejó sola en la habitación y yo entré en un sueño muy profundo.

Tenía veinticinco años y un bebé en brazos. Era mi hija. Mi marido me miraba con ojos enamorados; y yo a él. Nuestra casa era humilde pero bonita. No parecía faltar de nada. El vestido que llevaba puesto me decía que no trabajaba rebuscando entre la basura del poblado, lo mismo que el traje que llevaba él. Mi linda hija era una niña rolliza y sana. Reíamos los tres abrazados y felices.

Desperté, me eché las manos a la cabeza y lloré. Hacía mucho que no lo hacía. Quizá sobrevivir envuelta de utopías me haría mucho más dichosa que la realidad que me estaba tocando vivir.

Sin embargo, me agarré a ese sueño como un futuro por el que debía luchar. Quería creer en mí y superar todo lo acontecido en el pasado. Ansiaba ser feliz por primera vez en mi vida, aunque sería consciente de que permitirme esa fantasía sería lo más complicado.

23

Ellen. No estamos seguras

Un mes después, un hombre apareció por el refugio. Era una persona oscura, tosca, maleducada. En su rostro se podía leer la calaña de la que estaba hecho. Supe enseguida que se trataba de Puong y sentí una arcada con tan solo tenerlo frente a mí.

—¿Qué quiere? ¡No puede estar aquí! ¡Llamaré a las autoridades!

—Señora...

—Talbot. Ellen Talbot. Insisto en que se vaya.

—Solo quiero recuperar lo que es mío por derecho.

—Usted no es dueño de estas chicas. Márchese.

—Yo compré a esas zorras.

—¡Diana, llama a Fred inmediatamente! —grité con todas mis fuerzas.

—Señora Talbot... me han costado mucho dinero y me deben millones de rieles.

—Si le pago yo esa suma, ¿se marchará y no aparecerá por aquí nunca más?

—¡Fred viene hacia aquí! —informó Diana—. ¡Ni se te ocurra darle un dólar a este hijo de puta! ¡Lárgate, cabronazo!

—Son diez mil dólares americanos. Piénsenlo.

—¡Vete, bastardo! —Diana gritó con todas sus fuerzas, portando un bate de béisbol que teníamos para defendernos.

—Señor Puong, no voy a pagarle ni un centavo. Lo más probable es que lo invierta en destruir otras almas. ¡Váyase de mi propiedad!

—Aténganse a las consecuencias. Esto no va a quedar así.

El malvado ser se fue de casa. Le esperaban dos matones unos metros más allá que presumí eran sus guardaespaldas.

A los pocos minutos, extasiado, llegó Fred. Toda la calma que pude mantener hasta ese momento se disipó para dar paso a un fuerte ataque de nervios.

—¡Nos ha amenazado! ¡Y creo que va en serio! ¿No sería mejor pagarle?

—Si lo haces, volverá a por más. Es una persona despreciable y no tiene palabra. ¡No puedes confiar en él! —replicó Fred.

—Tengo miedo. No solo por mí, también por las chicas.

—Lo vigilaré de cerca y pasaré todo mi tiempo libre aquí, con vosotras.

—No puedo pedirte eso, Fred.

—Ellen, insisto. Espero que tengas una habitación libre para mí porque voy a pasar muchas noches en esta casa. Necesitáis a alguien que vaya armado, por lo que pueda ocurrir.

—De acuerdo —me relajé un ápice.

—No quiero que salgáis solas y, si no hay otro remedio, que sea a plena luz del día. Evitad parajes solitarios. Esto es muy importante, Ellen.

—Por supuesto.

—Volveré más tarde. Traeré un par de cosas para instalarme. ¿Estás conforme?

—Sí. Muchas gracias.

—Lo hago por ti, ya lo sabes.

Me quedé sin palabras ante el maravilloso ofrecimiento de Fred y supe que su preocupación iba más allá de una simple colaboración con una pequeña ONG.

Esa tarde hablé con mis hijas, aunque no quise comentarles nada de lo ocurrido. Separándonos miles de kilómetros, no quise preocuparlas innecesariamente. Sí les comenté que en breve íbamos a comenzar unos cursos, unos talleres profesionales para poder dar a las chicas una preparación de cara al futuro. Mi idea era poder formarlas y que pudieran trabajar en el sector del turismo, pues Camboya estaba en auge como destino vacacional. También vendrían clases para mejorar el inglés, un idioma esencial para poder ejercer en hostelería, y que iba a impartir yo misma. Mi sueño era poder colocarlas a todas en un trabajo seguro para ellas y que se respetara su integridad física y moral.

Tenía ya a veinte muchachas bajo mi protección, y pensaba seguir con esto hasta mi último aliento. Algunas de las chicas mayores decidieron marchar para no volver jamás.

Es duro decir adiós, sin embargo, ya con cierta edad, no podía obligarlas a permanecer en el refugio en contra de su voluntad. Fred, incluso, comentó que muchas de ellas están tan influenciadas por sus chulos, que tienen una especie de «necesidad irrefrenable» de estar con ellos. Son dependientes, y desvincularlas es muy complicado. Aun así, sabiéndolo, lo intentaba, pero cuesta mucho que confíen en una extranjera que les abre los brazos sin más; romper esa barrera es muy difícil.

No podía retenerlas, efectivamente, pero les indiqué que siempre que quisieran aprender y salir de ese peligroso camino, no dudaran en volver y serían bien recibidas.

Moon seguía pasándolo muy mal debido a su adicción; sin embargo, en dos días había cambiado bastante su actitud volviéndose algo más colaborativa.

Quería comprobar si su madre había muerto realmente. Moon tuvo un sueño y se le apareció. Esa era la prueba que tenía y ninguna más. Necesitaba cerrar esa herida. Su madre la maltrató y la vendió, como si de un saco de arroz se tratara.

Si aún estaba viva, era el momento de hablar y de perdonar. Era una cuestión de vital importancia para poder seguir adelante con su recuperación.

Moví algunos hilos a espaldas de Moon para confirmar si, efectivamente, su madre estaba muerta y esperé respuesta de mis contactos.

La información de que disponía era escasa: únicamente el nombre de la aldea en la que vivió y un apellido, más que común en esa zona.

Fred, tal y como había prometido, se instaló, por lo cual ya dormí mucho más calmada al saber que se encontraba en la habitación de al lado.

Yo soy una mujer fuerte y decidida, aunque en esos momentos, la presencia de un agente de la ley armado me daba mucha más seguridad. Sabía que no podría contar con Fred a todas horas; sin embargo, lo que estaba haciendo por nosotras era impagable pues también él se estaba poniendo en peligro.

Diana entró en mi habitación.

—¡Ellen! ¡Moon no está! Entré a darle su medicación y no estaba en su cama. ¡No la encuentro por ningún lado!

Una sacudida me estremeció.

Busqué por todos los rincones de la casa y nada. Moon se había marchado. No dejó ni una sola nota, simplemente desapareció.

A las cinco de la mañana estábamos los tres, Fred, Diana y yo, tomando un té en la cocina.

—¡Es por las jodidas drogas! —exclamó Diana—. ¡Casi lo tenía superado!

—Poco podemos hacer en esta situación —intervino Fred.

—Moon es un caso especial para mí. —Se me escapó una lágrima—. Aún recuerdo sus ojos el día en que la rescatamos de las garras de ese malnacido. Sé que puede hacerlo… ¡Quiero salir en su busca!

—Ahora no, Ellen —dijo Fred—. No tenemos ni idea de a dónde ha ido ni con quién está. Déjame que haga un par de preguntas por las calles y cuando tengamos alguna pista salimos a buscarla. Es peligroso.

Fueron pasando las horas y acabamos invirtiendo el día esperando junto al teléfono y vigilando la puerta por si alguien entraba.

Yo no hacía más que preguntarme: «¿Dónde está Moon?».

24

Moon. Sola en la ciudad

No lo pensé y salí corriendo. Los sudores, las manos frías y los temblores me tenían dominada por completo. Solo pensaba en meterme algo en el cuerpo y paliar esa tortura que me estaba matando. Era un dolor tan punzante, como si te atravesara un rayo.

Vagué por las calles de la capital. Avanzaba totalmente perdida ya que jamás nos dejaron salir solas mientras estuve bajo el yugo de Puong. No conocía nada, tan solo un par de lugares a los que había ido con las chicas; la zona del mercado y poco más. Había llovido mucho y todo estaba encharcado. No cogí más ropa que la que llevaba puesta; no tenía nada más y, no quise robar a Ellen después de todo lo que había hecho por mí.

Aprovecharme de ella no era una opción. Preferí dejar mi lugar a una persona que pudiera dar la talla. Yo no podía hacerlo, estaba demasiado destruida por dentro. Estaba demolida, desolada, vacía... Era como bailar junto a la muerte día sí y día también y deseaba que fuera ella la que ganara la batalla.

Lo primero que hice fue vender mis cabellos. No me dieron tanto como esperaba, pero necesitaba el dinero y por lo menos ya tenía diez dólares.

Con mi melena corta por debajo de la oreja me sumergí en las callejuelas contiguas al mercado con la intención de buscar un trabajo que me permitiera ganar unos rieles y comprar lo que mi cuerpo me pedía.

Pero no fue posible. Nadie confiaba en una niña con más apariencia de delincuente que de otra cosa.

Las sacudidas iban en aumento y mientras más lo pensaba, más me dolía.

Me apoyé en la pared exterior de una casa cerca de la botica china de remedios y pasé la noche allí, agazapada y muerta de miedo.

No tardaron en acercarse hombres en busca de sexo barato y rápido. Me negué como pude; confiando en que el día que estaba amaneciendo transcurriera mejor.

Robé unas manzanas. No me sentía en absoluto hambrienta, pero los calambres del estómago indicaban que debía llenarlo con algo.

Busqué entre la basura. Quizá tuviera suerte y encontrara escondido por ahí algún tipo de tesoro abandonado.

Tan solo había porquería y nada servía. El hedor me tiró para atrás.

Llegué a la conclusión de que no había más futuro que venderme de nuevo. Si lo hacía, ya tendría lo que tanto ansiaba.

Regresé al lugar donde los hombres buscaban lo que yo les podía proporcionar. Uno de ellos, extranjero, me ofreció veinte dólares por acostarse conmigo. Dije que sí, sin pensarlo, aunque no era yo la que hablaba, eran mis maltratadas y doloridas entrañas.

Me llevó a una especie de hotel. Nunca había estado en ninguno, aunque no me inspiraba confianza. Estaba todo muy sucio y descuidado, pero para lo que íbamos a hacer, serviría. Había muchas chicas como yo en busca del mal llamado dinero fácil, que de sencillo no tiene nada.

Una vez dentro preguntó por mi nombre.

—Me llamo Amanda. —Le dije mi nombre de puta, pues es lo que yo era en ese momento.

—Yo soy Vincent. ¿Cuántos años tienes?

—Dieciséis.

—¿Qué hacías sola en la calle? ¿No tienes a nadie que te proteja?

—Perdone, señor Vincent. Vamos a hacerlo —zanjé la conversación, solo quería acabar.

El tal Vincent, de mediana edad y no muy feo para lo que estaba acostumbrada, no tardó en acabar la faena. Fue delicado y atento y, me dejó los veinte dólares sobre la cama. Eso no era muy habitual.

—Puedes quedarte en la habitación, si quieres —intervino—. Está pagado hasta las seis y luego deberías marcharte, ¿tienes a dónde ir?

—Sí —mentí.

Ni siquiera le di las gracias. Me metí en un agujero habilitado a modo de ducha y volví a erosionarme la piel. De la fuerza que utilicé para quitar su olor pegado a mi cuerpo, lloré. Deseaba salir de allí cuanto antes y comprar algo que me calmara los nervios.

Pregunté a una de las chicas que merodeaban por el pasillo del cuchitril, la cual me indicó un lugar donde podría conseguir, de forma fácil y barata, algo que me haría sentir mejor.

—En todo caso, cuando llegues, pregunta por Tommy. Él te ayudará —soltó.

Me dirigí rauda al lugar que me había indicado y no tardé en encontrar al tal Tommy: un tipo de unos veintitantos, casi rondando la treintena. Moreno, pero teñido de rubio. Iba vestido con un traje que se me antojaba de una talla menor a la necesaria. Colgaba de su cuello una cadena de oro que parecía pesada, y llevaba anillos. Muy ostentoso, pretencioso quizá.

Se presentó como un protector. Yo no escuchaba, solo quería drogarme una vez más.

Me dio una dosis de algo que debía fumar con una especie de pipa. Me daba igual lo que fuera…

—¿Eres nueva aquí? —preguntó.

—Sí —dije divagando un poco, pues mi cuerpo se hallaba totalmente relajado y mis ojos querían cerrarse. Me hallaba flotando en una nube por el efecto de lo estaba introduciéndose en mí.

—Por ser la primera vez no te cobraré. A cambio deberás trabajar para mí. No te faltará nieve, pastillas o lo que quieras y, por supuesto, protección.

Asentí con la cabeza como pude.

No era tan ingenua. Volvía a vender mi cuerpo, esta vez para un chulo de poca monta del peor barrio de la ciudad. No era mi ideal de vida feliz, pero no sabía hacer otra cosa y era imposible encontrar un trabajo normal.

Si mi padre levantara la cabeza volvería a morirse. Estaba segura de que ya estaría removiéndose en su tumba.

En ese momento; no obstante, yo no era una persona capaz de pensar con claridad.

25

Ellen. Buscando a Moon

Moon se había marchado tres días atrás. No dejó ningún rastro.

Fred investigó a Puong, que de nuevo se hallaba al frente del prostíbulo como si nada hubiera ocurrido. No estaba con él, y eso me tranquilizó en parte; pero, por otro lado, mis pensamientos imaginaban terribles hipótesis de lo que podría estar ocurriéndole; incluso la vi muerta en una cuneta, como si de un perro vagabundo se tratara.

Intenté por todos los medios agarrarme a la idea de que hubiera encontrado un trabajo; sin embargo, era consciente de que esa posibilidad era muy remota. Moon estaba enferma, necesitaba cuidados y tenía una gran adicción a las drogas.

Como si de mi propia hija se tratara, salí desesperada a buscarla. Me paseé con Diana y nuestro chófer de confianza por las malditas calles donde se venden las chicas al mayor postor.

Fred también estaba trabajando en ello. Sabía que era importante para mí, todas lo son, aunque Moon era especial.

Recibí una llamada. Era una de las personas a las que pedí ayuda para encontrar a su madre.

—Ellen, ¡está viva!

—¿De verdad? ¿Está contrastado? —pregunté deseando conocer la respuesta veraz.

—Sí. Está viviendo en la misma casa, en una chabola. Está enferma desde hace meses, muy enferma. Tiene un cáncer bastante avanzado y con metástasis. No puede pagarse atención médica y, por lo que me han contado, la cuidan sus vecinas. No hay nada que hacer. No durará mucho, puede que tan solo le queden unas pocas semanas.

—Pásame por correo electrónico todos los datos que tengas sobre esta mujer. ¡Buen trabajo, Charles!

Chantrea, Moon, había dado por muerta a su madre por un sueño. Y quizá pronto lo estuviera, sin embargo, ésta tenía todavía un aliento de vida. Quizá hubiera alguna posibilidad de que se reencontraran y hablaran. El perdón era imperativo. Era mi gran deseo: que esa niña pudiera ver a su madre y hablar con ella. Debía cerrar ese capítulo de su vida para poder mirar de nuevo hacia adelante.

Pero lo principal ahora era encontrar a Moon, que no aparecía por ningún lado. Era posible que, incluso, se hubiera marchado de la capital. No quería ni pensar en el dolor que podría estar sufriendo esa frágil niña.

Fui enseñando su foto a las prostitutas del barrio con peor fama de todo Phnom Penh; en lugares en donde se venden por unos pocos dólares. Nadie la había visto o no quisieron decírmelo. También les ofrecí la posibilidad de venir a nuestro refugio y salir de las malditas calles y así evitarles una muerte temprana. Era temporada alta de turismo en el país y trabajaban mucho con los cerdos extranjeros que pretendían profanar cuerpos, especialmente los que estaban aún sin madurar. Tuvimos algunos problemas con los chulos que se enfrentaban a nosotros cuando pretendíamos ayudarlas.

Regresamos a nuestra sede con las manos vacías y con el corazón encogido.

Antes de acostarme me preparé un té en la cocina. Las chicas ya dormían desde hacía rato.

De repente oí unos ruidos extraños en el porche, cogí un cuchillo de grandes dimensiones y salí.

—¿Quién anda ahí? —grité al vacío sin que nadie contestara.

Observé a mi alrededor y vi que habían dejado una rata muerta atravesada con una enorme navaja en el quicio de la puerta. Estaba claro que me estaban amenazando.

Fred llegó bien entrada la madrugada y me halló sentada en una de las sillas de la sala común; le estaba esperando para explicarle lo que había sucedido.

—¡No debiste salir! ¿Estás loca? ¡Te has puesto en peligro innecesariamente, Ellen!

—¡Tienes razón! ¡Lo siento!

—¡El que fuera que te acechara podría haber seguido ahí! ¡Esta gente no se anda con tonterías!

Me abrazó ante mis más que aparentes nervios.

—No lo hagas nunca más… —susurró mientras acariciaba mis cabellos—. Si te pasa algo me volveré loco.

Levantó mi cabeza acompañándose con un dedo apoyado en mi barbilla y acercó tímidamente su boca a la mía. Temblaba, igual que yo. No quise rechazarlo y nos fundimos en un delicado pero intenso beso en los labios.

26

Moon. De nuevo en el infierno

Ya llevaba unas semanas bajo la supuesta protección de Tommy. Me daba lo que necesitaba mi marchita existencia.

Cuando estaba colocada me daba igual todo. Tommy decidió encerrarme en una habitación por la que iban pasando hombres y no salía a la calle como las otras chicas. Yo apenas articulaba palabra cuando se posaban sobre mí. En una noche me violaron siete veces; siete hombres distintos y todos extranjeros.

Amanecí con moretones, con todo el cuerpo dolorido y, de nuevo, quemaduras de cigarrillos.

Me miré en el espejo. Mis ojos enrojecidos e hinchados no parecían los de una niña de dieciséis años. Mi piel cérea se encontraba únicamente adornada por el amoratado de los golpes; en un pecho tenía un mordisco. No recordaba apenas nada cuando estaba bajo los influjos de la droga que me daba mi chulo.

Me di de nuevo asco. Sentí una enorme náusea al pensar en todos esos energúmenos pasear por mi antaño delicada dermis; sin embargo, una cría de pueblo, sin estudios y profanada, no era más que una rata de alcantarilla. Jamás saldría de ese agujero.

Tommy entró en el cuarto donde vivía y recibía a los clientes y me cruzó la cara sin mediar palabra.

—¡He tenido quejas de ti!

Yo agaché la cabeza como acostumbraba a hacer y permanecí callada.

—Un cliente se ha quejado de picores en su polla ¿sabes qué significa eso, zorra asquerosa?

Me mantuve en silencio esta vez arrodillada, con la mirada fija en el suelo.

—¡Que tienes alguna mierda en tu sucio coño de pueblo! —se respondió a sí mismo.

Supe enseguida lo que iba a ocurrir.

—Esto me va a costar mucha pasta, pero no dudes que me devolverás hasta el último riel, puta inmunda. Al tipo tendré que darle lo que cuesta su tratamiento y a ti… no sé ni qué hacerte. Me estás costando un ojo de la cara entre lo que te metes y los medicamentos que vas a tener que tomar. ¡Joder! ¡Estoy muy cabreado!

Volvió a abofetearme. Me pateó en las costillas y el estómago.

—¡Tómate esto! —me acercó unas pastillas— y durante una semana tendrás el coñito bien cerrado. Eso no te librará de atender clientes: harás mamadas, pajas y te darán por culo. ¡Me da igual! ¿Lo entiendes, mierda insignificante?

Asentí con la cabeza al tiempo que se me escapaba una lágrima que intenté retener por miedo a su reacción.

Se fue, dejándome en el suelo con el cuerpo todavía más amoratado.

Esto era peor que el burdel, pues allí tenía a mis hermanas y aquí no tenía contacto con nadie más que con un pequeño ratón que se paseaba por la habitación.

Me arrepentí de haber dejado el refugio. Debí ser fuerte, pero mi salud y mi ansia me lo impidieron.

Lloré allí tirada. Sentí cómo en mi corazón se agolpaban miles de latidos al mismo tiempo. Golpeé el suelo con las manos de rabia por haber sido tan tonta y tan débil, y por alejarme de Ellen.

Recé de nuevo a mis ancestros que imaginé que ya me habían repudiado y les pedí, una vez más, ayuda para salir de ese infierno.

27

Ellen. En peligro

En el transcurso de las siguientes semanas fueron apareciendo en la puerta del refugio varios mensajes anónimos, en los que me invitaban a abandonar el país para evitar «consecuencias indeseables».

Fred los revisó y, aunque teníamos una idea clara de su procedencia, no teníamos ninguna prueba contundente para presentar ante las autoridades.

—Hay que ser muy cautos. Quiero que me facilites tu agenda cada día, con todos tus movimientos. Nadie saldrá de esta casa sin que yo lo sepa. Montaré un dispositivo si es necesario —insistió Fred.

—Quieren que tengamos miedo, pero no van a conseguir atormentarme. Quieren enterrarme y no saben que yo soy una semilla y ¡creceré fuerte! Son solo unas notas amenazadoras para disuadirnos.

—Ya te lo he dicho en diversas ocasiones: es muy peligroso, no se andan con tonterías. No es raro encontrarse cada día con algún cadáver en un callejón y no debido a una muerte natural, precisamente.

—Fred, no estoy frivolizando con el hecho de que haya peligro. Lo sé. No van a conseguir que dé un paso atrás. No lo contemplo. Si lo hiciera esto no acabaría nunca para ellas.

—Es imposible erradicar la prostitución infantil. Tan solo puedes paliarla.

—Cierto. Sin embargo, sé que vendrán más como yo, y espero que cada vez haya extranjeros más concienciados.

—Los pederastas, por desgracia, van en aumento. Desde nuestro país sabes que trabajamos muy de cerca con este tipo de delincuentes, tenemos un registro muy amplio de ellos. Por eso pudimos seguir y cazar a Cruel Bill. Se va a pasar una buena temporada en la sombra, por cierto.

—¿Sí? ¿Te han llegado noticias de Estados Unidos?

—Esta misma mañana. Tiene un largo historial de pederastia. La última vez que lo pillamos, en California, se libró por un error en el juicio. Pero si una cosa tenía clara era que iría a por él, aunque fuera mi último caso.

—¿Último caso? —pregunté.

—Me queda poco en el cuerpo. Me van a jubilar a finales de este mismo año. Ya tengo ganas tras veintisiete años ejerciendo.

—¿Volverás a Santa Bárbara? ¿Te irás a Miami con tu hijo?

—Me gustaría quedarme aquí contigo, si no te parece mala idea. —Fred me guiñó un ojo en busca de aprobación—. Tengo pensado ir a ver a David en octubre y, ya en diciembre, instalarme aquí con vosotras. Puedo dar clases de inglés y también vendría bien que alguien les enseñara defensa personal.

—¡Es una gran idea! Sería un placer que te quedaras de forma permanente. Y una gran ayuda, Fred.

—No se hable más. ¡Decisión tomada!

Le abracé. No tenía claro si era un gesto de agradecimiento casi maternal o se trataba más bien de un sentimiento más profundo que se estaba cultivando en mi corazón.

Desde el día del beso no lo habíamos vuelto a intentar. Éramos dos almas heridas y ambos cargábamos una horrible pérdida a nuestras espaldas. Arrastrábamos una pesada carga emocional de la que era difícil librarse y nos daba miedo aventurarnos a abrir nuestros corazones de nuevo.

—¿Interrumpo? —Diana entró en la sala principal—. Ellen, tenemos que hablar.

—Dime, Diana. ¿Qué ocurre?

—Es la chica nueva, Janine, la que rescatamos ayer. Se acostó con fiebre y esta mañana, al ir a ver cómo se encontraba, estaba ardiendo. Se queja de dolor abdominal. Creo que tiene apendicitis o lo que es peor, una peritonitis. Aquí no puedo atenderla, necesita ayuda hospitalaria urgente.

—Llevémosla sin demora al hospital. Pagaré su tratamiento sin dudarlo, Diana.

—Dada su gravedad creo que lo mejor será trasladarla a Bangkok.

—Lo que tú decidas me parece lo más correcto. ¿Puedes arreglarlo?

—Sí. He pedido ayuda a un colega que trabaja en un importante centro hospitalario de Bangkok y espero su respuesta. Debe ser trasladada de inmediato. Le di algo para la fiebre, pero ¡no baja ni a tiros! ¡Me preocupa mucho!

En ese justo momento sonó el teléfono de Diana y se retiró a una zona con algo más de cobertura para poder hablar. A los pocos minutos volvió.

—Ya está, Ellen. Debemos llevarla a un punto de encuentro donde nos recogerá el helicóptero que ya está de camino. En poco más de tres horas estaremos en Tailandia.

—¡Perfecto! ¿Necesitas que haga alguna cosa? ¿Voy con vosotras?

—¡No! —interrumpió Fred—. Debes quedarte aquí. No podemos dejar la casa desgobernada.

—Tiene razón, Ellen —dijo Diana—. Yo iré con ella y os informaré. Voy a prepararlo todo.

Diana corrió hacia la habitación de Janine. La estabilizó como pudo, llamó a una ambulancia y salieron hacia el punto de recogida del helicóptero. Llevaba la preocupación escrita en su rostro.

Yo no era médico, aun así, tuve claro al ver a Janine salir en la camilla, que había empeorado drásticamente durante las últimas horas.

Recé por esa niña. Hacía mucho que había abandonado esa costumbre... Desde que John se marchó, mi fe se había ido desmoronando.

Fred de nuevo agarró mi mano.

—Todo irá bien. Diana es una gran doctora y se dirigen hacia uno de los mejores hospitales del sudeste asiático.

—Nunca imaginé que sería tan duro. Sabía que no iba a ser fácil, aunque nunca pensé que fuéramos a enfrentarnos a tantos problemas. Me pregunto por qué me he metido en todo esto...

—Tienes un día de bajón. Uno te lo permito, pero ¡ni uno más! —Fred asió mi cara con las dos manos y me miró a los ojos—. Eres la mujer más valiente que he conocido en toda mi vida; eres fuerte como una roca, solidaria y con un corazón de oro. ¡No te vengas abajo!

Lloré. Por unos minutos me permití derramar unas lágrimas que me desahogaron a la vez que liberaron de presión mi pecho. Necesitaba hacerlo.

Diana llamó a las pocas horas para informar que Janine ya estaba en el quirófano y que, efectivamente, se trataba de una peritonitis en su fase más aguda. Su vida corría peligro; sin embargo, estaba bajo los mejores cuidados posibles. De no haber ido a Tailandia era muy probable que ya estuviera muerta. Las siguientes horas serían decisivas.

Respiré hondo e intenté relajarme para seguir con las tareas habituales del día y cuidar y proteger a todas las chicas que estaban en nuestro refugio.

Tuve un momento de duda, de flaqueza, pero resurgí con más fuerza, como el ave fénix.

28

Moon. Tú o yo

Me convertí en el juguete de Tommy. Tal y como me amenazó, los siguientes días solo pude ejercer la prostitución en su forma más humillante si cabía.

Algunos clientes ni siquiera querían sexo, solo deseaban golpearme, atarme y vejarme; penetrarme con objetos… En algunos momentos perdía la conciencia, pura supervivencia. Fueron los peores días de mi vida.

Mi chulo venía tras la jornada y volvía a ultrajar lo poco que quedaba de mí. Me pegaba, gritaba y hacía que mi existencia fuera tan indeseable que ni yo misma la quería.

Llegó un momento en el cual ni droga me suministraba. Lo hacía para mantenerme al límite de lo que yo podía soportar. Debía escapar de nuevo y huir lejos.

Me metí de nuevo en la boca del lobo y quise con todas mis fuerzas acabar con él.

Esa noche Tommy entró de nuevo en mi cuchitril hediondo. Venía más fiero que nunca y sus ojos inyectados en sangre no dejaban lugar a dudas: iba a quitarme de en medio, a matarme. Pensé que había llegado el momento y que quizá fuera una buena idea intentarlo. Él o yo, no tenía alternativa.

Unos días atrás me había hecho con un arma; robé un cuchillo de un cliente. Aunque no era muy grande, sí lo suficiente como para defenderme si era necesario.

—¡Mírate! ¡Das asco! —gritaba con el puño apretado, amenazante, mientras yo aprovechaba para coger el cuchillo que escondía bajo el mugriento colchón.

Cerré los ojos pensando que iba a golpearme en la mejilla una vez más, pero me levantó estirándome del pelo a la vez que me pateaba, despreciando por completo mi vida.

—¡Ni siquiera vales para que te den por el culo! ¡Zorra!

Era un sádico. Disfrutaba haciéndome daño, matándome cada día un poco.

Saqué fuerzas de donde no las había, y clavé el cuchillo por primera vez en su pecho. Tommy cayó al suelo, todavía vivo.

Volví a apuñalarle, esta vez en el estómago.

—Hija… de… puta… —intentaba gritar mientras escupía sangre por la boca.

Me subí encima de él a horcajadas y volví a clavar la fría hoja en su cuerpo hasta cinco veces más, hasta que dejó de martirizarme.

Ya no respiraba. No podía hacerme daño.

Le maté. Era un malnacido asqueroso. «Me hubiera asesinado él a mí», intentaba justificarme a mí misma ante lo que acababa de hacer.

Le arrebaté todo el oro que llevaba encima y hurgué en sus bolsillos. Encontré la recaudación del día de todas sus putas, entre las que me encontraba yo, y que no era demasiada, apenas doscientos dólares.

Limpié los restos de sangre que habían manchado mis manos, mi cara, mis ropas y me miré en el pequeño espejo de la habitación.

Esa no era yo.

Estaba muy nerviosa. ¡Había matado a otro ser humano! Uno que no merecía vivir, pero yo había manchado mis manos de sangre y tarde o temprano vendrían en mi busca.

Salí corriendo del edificio casi en ruinas en el que me encontraba privada de libertad. Cerca, en la esquina del callejón, un chico esperaba a que algún cliente adquiriera los servicios de su humilde tuk-tuk. Me subí y solo dije: «¡sácame de aquí!».

Pedaleó con fuerza y rapidez, sin preguntar. En unos minutos me sacó del área de influencia de la peor zona de Phnom Penh.

El conductor del tuk-tuk sudaba mucho. Yo no era muy pesada, pero las calles sin asfaltar y los cientos de piedras del camino provocaban que resultara muy arduo el simple acto de pedalear. Me llevó hacia las afueras…

—Señorita, ¿a dónde la llevo?

—Lejos de aquí. —Atiné a decir.

—¿Se encuentra usted bien?

Era la primera persona excepto Ellen y su equipo que me trataba con respeto. No quise contarle nada de lo sucedido.

—He dejado a mi novio y deseo marcharme de la ciudad —mentí—. Es un hombre celoso y vendrá a por mí.

El chico, de unos veinte años y muy apuesto, frenó y se bajó. Me miró desconcertado, pero escuchaba con atención.

—¿No tiene usted a dónde ir?

—No. Me instalaré en el primer hotel que vea.

—No lleva equipaje…

—Salí con lo puesto. Hui. No pude coger nada.

—Mi hermana tiene una pequeña tienda para turistas. Vende algo de ropa también. ¿Quiere que la lleve allí? Está en el centro, pero lejos de dónde la recogí.

—Sí… —Me quedé dubitativa unos instantes antes de afirmar—. ¿Por qué quiere ayudarme? —recelé.

El chico volvió a clavar sus ojos en mí; eran tan sinceros, tan transparentes…

—Porque parece usted buena persona.

Volvió a subirse a su transporte y pedaleó hasta acercarme a la tienda, ya cerrada, de su hermana.

—Espere. Vive arriba, no tardará en bajar.

La chica, algo mayor que él, apareció a los pocos minutos cargando un chiquillo de unos meses en su costado.

—¡Vaya horas, Munny! —le dijo a su hermano—. ¿En qué puedo ayudaros?

—Necesita ropa, es urgente. No tiene nada.

—Subid, os pondré una taza de té. —Se dirigió a nosotros—. Traeré algo de su talla.

Asentí pues, aunque el calor era insoportable y la humedad te comía por dentro, necesitaba algo caliente.

Yo seguía temblando y mis manos agitadas delataban mis nervios. El miedo seguía existiendo y supe desde ese mismo instante que la pequeña e inocente Moon se había marchado para dar paso a la mujer que debía superar su pasado sin mirar atrás. Eso tenía que hacer si quería seguir perteneciendo a este mundo y seguir cuerda.

29

Ellen. Un mes

Tras un mes sin tener ninguna noticia de Moon, empecé a desanimarme. Supe que era ya casi imposible volver a saber de ella. No había tirado la toalla, pero las posibilidades se reducían drásticamente cada día que transcurría.

Recorríamos las calles a diario, enseñábamos su foto, preguntábamos… Nada. No aparecía. Nadie la conocía; ningún alma se cruzó con ella.

Janine, afortunadamente, ya se estaba recuperando. La atendieron estando al límite y de no haberla trasladado seguro que hubiera muerto. Volvía a casa esa misma tarde, a nuestro hogar, para seguir recuperándose. Diana estuvo en Bangkok los primeros días, luego regresó y ahora la traía de vuelta.

El verano estaba ya llegando a su fin, aunque el calor y la humedad no cesarían. Resultaba agotador.

Llevaba unos días sin recibir anónimos, ni amenazas. Fueron días más o menos tranquilos dentro de lo que significa dirigir un centro de acogida de chicas en su mayoría dependientes de las drogas y desconfiadas.

Una de mis hijas, Courtney, tenía prevista su llegada en cuestión de una semana para estar unos días conmigo. En un principio quise impedírselo; no obstante, me fue imposible.

No pensaba dejarla sola ni a sol ni a sombra mientras estuviera en Camboya. No tuve ocasión de explicar a mis hijas la delicada situación por la que estábamos pasando, aunque ahora, afortunadamente, fuera más tranquila. La presencia de Fred era muy disuasoria y nos sentíamos más seguras.

Comenzamos a obtener frutos de nuestro esfuerzo. Estábamos trabajando duro con la mayoría de las chicas en su entera recuperación e integración social. Los talleres de cocina y peluquería, así como las clases de inglés y de nociones básicas de administración contaban con la asistencia de muchas de ellas, las que estaban superando su trance con las drogas. El hecho de tener la mente distraída las ayudaba a alejarse del problema de adicción. Algunas de ellas, sin embargo, necesitaban más terapia física y emocional antes de comenzar a participar, pero estaba muy esperanzada con la evolución.

Los primeros días de clase fueron un poco caóticos, si bien, las rutinas nos funcionan a los humanos y en pocas jornadas todo iba como la seda.

Cada vez que acudía a un taller me imaginaba a Moon allí sentada. Estaba obsesionada con ella. No olvidaba su mirada ni su dolor, pero debía pasar página ya que lo más probable es que nunca volviera a aparecer. Aun así, seguía teniendo pesadillas con ella. Se había convertido en la protagonista absoluta de mis malos sueños reemplazando a John en ellos.

En lo que se refiere a mi relación con Fred todo iba muy lento, paso a paso. Algún que otro beso furtivo, casi robado; roces; manos entrelazadas, aunque sin ir más allá. Me asustaba mucho la posibilidad de enamorarme de nuevo tras la pérdida de mi alma gemela y estaba segura de que a él le pasaba lo mismo. Tenía que ser algo que se construyera sobre unos cimientos muy sólidos.

Tampoco éramos unos críos jugando a enamorarse. Se nos suponía la suficiente madurez como para enfrentarnos a nuestros sentimientos, aunque el terror a la pérdida estaba ahí y esa mochila seguía siendo muy pesada.

Se acercaba la hora de la llegada de Diana y Janine y esperé en el porche junto a mi taza de té. Estaba deseando ver que, tras esos diez días en Tailandia, pudiera entrar por la puerta por su propio pie.

Llegaron en el coche que solía hacernos los servicios y di un brinco de alegría. Me puse en pie para recibirlas.

—¡Bienvenidas a casa! —grité abrazando a la pequeña—. ¿Cómo te encuentras?

Pese a que hablaba mi idioma de forma limitada, me entendió a la perfección y me contestó con una sonrisa.

—Muchas gracias, señora Ellen.

—¡Venga, a descansar! —intervino Diana—. Está muy cansada, aunque no lo diga, y todavía muy débil.

A la niña se le escapó una lágrima mientras me abrazaba. Correspondí a ese abrazo, emocionándome de la misma manera.

—Vete a la cama, Janine. Mañana ya hablaremos con más calma, ¿vale? —sugerí—. El peligro ya pasó y lo más importante ahora es que en los próximos días te acabes de poner bien.

—Quiero estudiar aquí, con usted.

—Claro, cariño. Puedes quedarte aquí todo el tiempo que necesites. Los talleres te esperan.

—Por el camino le he estado explicando quién eres y el proyecto que llevas entre manos. Está muy entusiasmada —comentó Diana.

Abracé esta vez a mi colaboradora.

Cuando llegó no la conocía de nada, pero enseguida se ganó mi confianza y mi cariño, convirtiéndose en una de mis mejores amigas. Son experiencias que unen mucho e imposibles de borrar de nuestras mentes.

—Gracias por ser cómo eres. Sin tu ayuda no sería posible.

—Pronto volverá Marie. Tal vez en un par de semanas.

—Si quieres puedes quedarte. Hay trabajo de sobras para más de un médico.

—Me encantaría, Ellen, pero debo volver a Estados Unidos. Mi madre está muy enferma. Ha empeorado y quiero estar con ella el tiempo que le quede. Creo que se acerca el final.

Estaba al tanto de la enfermedad de la madre de Diana y era obvio que le tocaba estar con ella, así que la abracé con fuerza.

—En mis oraciones siempre estaréis presentes, Diana. No tengo palabras para agradecerte…

—No hay nada que agradecer. —Se le escapó una pequeña lágrima que resbaló veloz por su mejilla.

30

Moon. Munny y Chenda

Esa primera noche la pasé en casa de Chenda. No sabía a ciencia cierta a dónde ir, solo entendía que debía escapar y esconderme para que no me encontraran por lo de Tommy. Por otro lado, imaginé que un chulo que vende droga, mafioso y con muchos enemigos, debía tener, a la fuerza, una larga lista de personas que querrían hacerlo desaparecer y nadie le iba a echar de menos.

A mí me mantuvo encerrada, aislada del mundo. Estaba casi segura de que, excepto los clientes, nadie más sabía de mi existencia.

Munny vino pronto por la mañana y se dirigió a su hermana. Por un momento, me horroricé pensando que quizá sabía algo de lo que había hecho e iba a delatarme.

—Munny, ¿me has traído los pollos? —preguntó Chenda—. ¿Te has vuelto a olvidar?

—¡No! ¡Los tengo, hermana! —le dio un paquete que presumí del mercado.

—¡Menos mal! No sería raro en ti que no te acordaras.

Los dos hermanos provocaron que se me escapara una sonrisa tímida.

—¿No tienes hermanos, Moon? Son lo peor que te puede pasar —Chenda reía—. En realidad, te vuelven loca, especialmente si son más pequeños que tú.

—No. No los tengo.

—¿No tienes familia? —Munny intervino desde el otro lado de la sala.

—Estoy sola. Toda mi familia murió.

—Y lo ha dejado con su novio —informó también.

—Lo sé, me lo dijo anoche mientras intentaba dormir al pequeño. Moon, puedes quedarte aquí el tiempo que desees y ayudarme con la tienda si no tienes a dónde ir. Me vendría bien que alguien me echara una mano con el negocio. El bebé enferma a menudo y me necesita. No tengo mucho tiempo para atender la tienda.

—Necesito ocultarme unos días. Sé que podría venir a por mí.

—Estamos lejos de dónde te recogí. Hasta aquí no llegan esas alimañas. —Intuí que Munny no se había tragado la historia de mi novio, pero no dijo lo contrario—. Deberías quedarte hasta que estés mejor.

—Así me ayudas con el niño. Su padre está trabajando en Vietnam y tardará meses en volver. Puedes quedarte con el pequeño mientras yo atiendo el negocio, si lo prefieres.

—Me parece bien, aunque quizá deba irme pronto. —Temía que mi adicción aflorara en la peor de sus vertientes y no quería que lo presenciaran—. Os estoy muy agradecida.

—No te haremos preguntas, Moon —intervino de nuevo Munny—. Aquí estarás segura.

Junté mis manos en señal de agradecimiento y me retiré rauda, pues empecé a sudar. Hacía casi dos días que no consumía y estaba decidida a dejarlo, pero mis fuerzas flaqueaban. Tras haber matado a un ser humano, aunque de eso tuviera bien poco, toqué fondo.

Yo quería una vida como la de Chenda, sin depender de nadie que administrara mi vida y mis sentimientos. Me sentí fuerte dentro de mi debilidad y estaba totalmente concienciada de que debía salir del profundo pozo en el que estaba sumida y, dejar de lado la vida que había llevado durante los últimos años contra todos mis deseos. Hice memoria de las muchas veces que papá me habló de la fortaleza de nuestra familia, nuestros antepasados… y me agarré a ello.

Recordé los ejercicios de respiración que me enseñaron en el refugio y me dispuse a practicarlos junto a una pequeña ventana de la humilde casa de Chenda. Mantener la mente ocupada sería de gran ayuda.

Miré entre mis manos y, por un momento, me pareció verlas cubiertas de sangre; sangre del hombre al que había arrebatado la vida y pensé en entregarme. Quizá era lo mejor.

Sin embargo, no iba a tener garantías de un juicio justo y tampoco quería pasarme el resto de mis días entre rejas, bastante cárcel había sufrido ya desde el momento en que nací.

Nadie iba a entender los motivos por los que me convertí en una asesina. Solo era una puta de pueblo, una mocosa que mató a su chulo para robarle. Me quemaba ese dinero en la bolsa. No lo quería.

Llamé a Munny.

—Necesito otro favor…

—Lo que necesites, Moon.

—Al anochecer, llévame a la pagoda más cercana.

—Te recogeré a las siete, ¿te va bien?

—Estaré preparada.

El día se me hacía largo, eterno. Conseguí un brebaje para los nervios en la tienda de al lado. Fue lo más acertado que encontré para paliar los efectos de la ausencia de drogas en mi cuerpo.

Munny se presentó a la hora acordada y, tal y como quedamos, me acercó a una pequeña pagoda cercana.

Deposité con gran disimulo las joyas y gran parte del dinero en una caja habilitada para las donaciones. Encendí unas cuantas varas de incienso y recé.

Por primera vez en mucho tiempo me sentí en paz conmigo misma. Quería dejar atrás a Amanda y a la pequeña Chantrea y ser simplemente, Moon.

Pasaron unas semanas y empecé a sentirme más calmada: los temblores estaban bajo control y mi mente también. Me costaba muchísimo, pero estaba decidida a salir de nuevo a flote. Nunca había creído tanto en mí misma.

Leía la prensa local y, afortunadamente, no encontraba ni una sola mención de Tommy. Era un chulo de poca monta, un indeseable, por lo que nadie le echaba de menos.

Recuperé algo de peso y, aunque las costillas seguían doliéndome hasta el infinito, tuve la suficiente confianza como para dejar la casa de Chenda y Munny. Quería volver al refugio con Ellen y recuperarme del todo. Y eso solo sería posible allí.

Chenda y Munny habían sido muy buenos conmigo; sin embargo, yo quería ser algo en la vida y con ella tendría esa oportunidad. No quise despedirme, odio decir adiós a la gente que quiero…

Cogí uno de los sombreros de paja de la tienda de Chenda y me marché sigilosamente, aprovechando que amamantaba al bebé. Simplemente dejé una nota de agradecimiento junto con el resto del dinero de Tommy.

Una lágrima recorrió mi rostro. Eran seres maravillosos; junto a Ellen, los mejores que se habían cruzado en mi camino.

Me subí a un tuk-tuk e indiqué que me llevara al mercado y que, una vez allí, ya le guiaría hasta el refugio. Sabía más o menos dónde era, aunque desconocía su ubicación exacta.

Esperaba con toda mi alma que Ellen me aceptara de nuevo en su casa. Iba con la intención de confesarle la verdad y que luego actuara como considerara oportuno.

No podía seguir con esa carga tan pesada sobre mis hombros.

31

Ellen. Dos alegrías en una misma jornada

Un vehículo me llevó directamente al aeropuerto. Mi hija Courtney estaba a punto de aterrizar y no veía el momento de abrazarla.

Encendí un cigarro. Hacía ya unas semanas que no fumaba, pero los nervios me estaban consumiendo. Apenas le di dos caladas y enseguida lo apagué sintiéndome culpable por haberlo hecho.

Courtney no tardó en salir y nos fundimos en un abrazo que nos hizo llorar como tontas.

—Llevas aquí un montón de tiempo, pero sigues igual de paliducha, mamá.

—Es que no vine a tomar el sol, princesa.

En el carro del equipaje mi hija traía una gran sorpresa.

—¡Dios santo! ¿Has traído a Max? —dije al fijarme en el trasportín en el que estaba acomodado.

—¡Sí! Pensé que le estarías echando mucho de menos. Con la tía Sue se estaba volviendo un auténtico malcriado.

—¡Qué ilusión! —besé a mi hija seis o siete veces seguidas por toda su cara—. Lo cierto es que me hará mucha compañía y seguro que a las chicas les encanta. Además, disponemos de bastante terreno en la parte de atrás de la casa. Será muy feliz aquí. Ven, subamos al coche, que debes estar agotada.

—Bastante cansada, aunque estaba deseando llegar y verte. —Mi hija me besó en la mejilla.

—¡Tengo tantas cosas que contarte! Pero primero te dejaré descansar un poco.

—He dormido mucho en el avión. Mejor que no me acueste hasta que sea de noche, así me amoldaré mejor al nuevo horario.

—Bien pensado, cariño.

Llegamos a la casa, y Courtney dejó las maletas en un rincón cerca de la puerta. Yo aproveché para liberar a mi perro de la jaula en la que llevaba muchas más horas de las que hubiera deseado. Se puso loco de contento, dándome lametazos por todas partes, olisqueando cada esquina del refugio mientras movía con energía su bonita cola color canela adornada con un zigzag negruzco.

Mi hija se sentó en la mesa de la sala principal.

—¿Cómo están las cosas por aquí? —Se remangó—. ¡La casa está preciosa, mamá! Se respira tu esencia por todos lados. ¿En qué puedo ayudar?

—Gracias, mi amor. Hago lo que puedo.

—Debo decir que estás más delgada. —Noté cómo me reñía con cariño.

De hecho, desde que llegué había perdido casi ocho kilos. Para una persona menuda como yo, era bastante.

—El calor, la comida… No pasa nada, hija. Yo me encuentro bien.

—Mamá, me encanta lo que haces aquí, sin embargo, no pienso permitir que te cueste la salud.

—Estamos empezando. Es normal estar más nerviosa.

—Confío en ti. Sé que no te pondrás en peligro, pero es que te conozco, mamá; y sé que eres muy capaz de pasar a un segundo plano por ayudar a los demás. He estado investigando un poco sobre lo que está sucediendo aquí —siguió—. Las mafias, la prostitución, etcétera. Y las últimas veces que hemos hablado por *Skype* no me has convencido nada de nada. Me vas a contar qué ocurre, ¿verdad?

—Vale, te lo explicaré todo, pero antes déjame que te prepare un té.

Pensé que una infusión relajante me ayudaría a explicar con la calma necesaria la situación. Mi hija ya era adulta y podía entenderlo perfectamente.

Empecé a contar toda mi experiencia allí, con pelos y señales.

—¿Entonces, Fred vive aquí con vosotras? —preguntó con los ojos bien abiertos, como solía hacer desde que era bien pequeña cuando el tema le interesaba de verdad.

—Sí, la mayor parte del tiempo.

—Me siento más tranquila. —Respiró profundamente.

Cogí su mano y la acaricié. Las tenía delgadas y cuidadas, con las uñas perfectamente arregladas con la manicura francesa. Eran manos de pianista, como las de John.

Estuvimos conversando durante horas hasta que cayó la noche sin apenas darnos cuenta.

Fred apareció cerca de las nueve.

—¡Courtney! ¡Santo Cristo! ¿Cuándo te has hecho tan mayor? —La abrazó como si se tratara de su propia hija y le dio dos besos— ¡Estás preciosa!

—¡Cuánto tiempo sin verte, Fred! Debo decir que tú también estás fantástico. ¡No pasan los años por ti!

—Díselo a mis cabellos blancos…

—Las canas hacen a los hombres más interesantes y atractivos, Fred —intervine—, y con la edad se adquiere experiencia y sabiduría.

Mi hija me miraba extrañada y sonreía mientras Fred se retiraba para darse una ducha tras acabar la larga jornada.

—¿Qué pasa aquí, mami? —me dio con el codo en el brazo a la vez que guiñaba el ojo y hacía muecas graciosas con la boca—. ¿Me he perdido algo? ¿Te queda algún secreto por confesar?

Me daba una cierta vergüenza confesar ante mi hija que Fred me atraía más allá de lo que significa un amigo y que nos habíamos besado en alguna ocasión, aunque sin llegar a nada más. Por un momento pensé que estaba faltando al respeto y a la memoria de su padre.

—Verás, cariño… No hay nada de momento. Solo un pequeño acercamiento… Es pronto para…

—¿Para sustituir a papá? Ambas sabemos que es insustituible, pero no cierres puertas al amor, mami. —Me rodeó con sus brazos y me besó en la frente ante una lágrima que desbordaba de mis ojos—. ¡Me encanta Fred para ti! ¡No desearía a nadie mejor!

—Es pronto para saber qué pasará. Ambos tenemos, ya sabes… reservas.

Mi hija unió su cuerpo al mío con fuerza. No tuve que pedir su aprobación, supe enseguida que la tenía.

Esa semana, con mi adorada hija en casa, fue la más maravillosa que una madre podría soñar.

32

Ellen. El regreso de Moon

Esa mañana las chicas andaban algo revoluciona-das. El profesor que habíamos contratado como chef para las clases de cocina era joven y guapo, y estaban todas loquitas por él. Me alegró verlas así pues era un síntoma inequívoco de que iban recuperándose.

Marie había vuelto la noche anterior algo indis-puesta, por lo que todavía se encontraba descansando. Salí al porche con Max, al que le dio por mordisquear unas flores que había plantado unos días atrás con ayuda de algunas de las chicas. Como dijo mi hija, intentaba que mi toque personal se respirara por todas partes para que resultara más cálido y acogedor; había logrado trasladar un trozo de mi hogar en Beverly Hills a esa humilde casa en plena Camboya.

—¡Ven aquí, bichito peludo! ¡Vas a estropear el jardín!

Max me miraba desde la distancia, ignorándome por completo. Se dirigió hacia la entrada, moviendo su preciosa cola a mil por hora, justo en el instante que alguien picaba suavemente a la puerta. Él lo intuyó segundos antes de que ocurriera.

Me acerqué en silencio para ver quién era, y… allí estaba Moon, arrodillada y hecha unos zorros.

—¡Hija! ¡Levanta, Moon!

Lloré al verla y la apretujé sin darme cuenta con todas mis fuerzas. Ella gemía de dolor mientras se señalaba las costillas.

—¿Te han hecho daño? ¿Quién? ¿Puong? ¿Dónde has estado? —Me faltaba la respiración de tan rápido como formulaba las preguntas—. ¡Dios santo, Moon! ¡Te hemos estado buscando por todos los rincones de la ciudad!

Sus mejillas estaban cubiertas de lágrimas que yo intentaba limpiar con la punta de mis dedos sin dar abasto. Sus ojos me miraban fijamente, como la primera vez que la encontré, llenos de dolor; el mismo dolor que reflejaba el día que la rescatamos del burdel. Entramos en la casa.

—Señora Ellen… —Volvió a ponerse de rodillas y juntó las manos rogando perdón.

—No tenemos nada que perdonarte, Moon. Lo importante es que has vuelto, y aquí eres bienvenida.

—He hecho algo horrible.

—Nada será peor que lo que te han hecho a ti durante todos estos años.

—Maté a un hombre —confesó, titubeando con la mirada fija en la blanca pared. Temblando. Muerta de miedo una vez más.

Me eché las manos a la cabeza y apreté con fuerza. Sin darme cuenta me clavé las uñas en el cuero cabelludo, erosionándolo levemente.

Me explicó lo sucedido durante las semanas en que estuvo huida, y no pude hacer otra cosa más que consolarla.

—Fue en defensa propia, Moon. Debiste acudir a mí enseguida. Ahora ya no podemos explicárselo a la policía. Todas las pruebas han desaparecido.

—Estaba asustada. Corrí tanto como pude y Munny me recogió.

—¿Quién es Munny? —pregunté.

Me habló de ese misterioso chico y de su hermana, y de lo mucho que la ayudaron.

—Cuando venga Fred lo hablaremos con él. Nos ayudará, estoy segura.

—¡Créame! ¡No tuve opción! ¡Era él o yo! ¡No quiero ir a la cárcel, no saldría viva de allí!

Era muy consciente de que lo que me pedía Moon suponía esconder a una fugitiva. Iba a hacer lo que fuera por ella; sin embargo, se trataba de un tema muy delicado y debía consultarlo con Fred y Marie antes de tomar cualquier decisión.

La acompañé a una de las habitaciones y le sugerí que se diera un baño; eso la tranquilizaría, pues estaba hecha un manojo de nervios.

—¡Ayúdeme a salir de esto! Quiero dejar las drogas. Llevo varias semanas sin consumir nada. Necesito vivir… Sé que soy capaz de hacerlo.

—Te ayudaré, pequeña. Relájate un poco mientras pienso qué debemos hacer.

—La policía pensará que lo maté para robarle. Solo soy escoria —sollozó mientras sumergía su diminuto cuerpo magullado en la bañera—. Debí dejar que lo hiciera; que me matara.

—¡No digas eso! Nadie merece, y menos tú, lo que has sufrido. Cuando descanses un poco pediré a Marie que eche un vistazo a tus costillas.

—Gracias —murmulló.

Cerré la puerta y envié un mensaje a Fred:

«Moon ha vuelto. Está en casa. Vuelve pronto, tenemos que hablar»

Marie se levantó al poco rato y le informé de la vuelta de Moon. Se alegró muchísimo, pues sabía lo que significaba para mí. No quise mencionar su «percance», ya que ni siquiera yo había tenido tiempo de procesarlo. Esperaba a que volviera Fred para hablar los tres.

—Debes hacerle un chequeo. Está aún más magullada que la última vez —sugerí a Marie—. Creo que tiene varias costillas rotas.

—¿Otra vez? ¡Pobre niña! ¿Cómo la has visto? ¿Agitada? ¿Nerviosa?

—Mucho; sin embargo, dice que hace unas semanas que no consume y que quiere dejar las drogas. La creo —zanjé, antes de que Marie dijera que todas dicen lo mismo.

—Con lo que ha pasado esta chiquilla, espero que esta vez sea verdad. Se lo merece.

—Lucharé porque así sea.

Me acerqué a supervisar a las chicas del taller de cocina porque desde la sala principal oía algunas risas, y cerré los ojos un segundo.

«¡Dios! ¡Ayúdanos a salir de ésta! ¡Estas chicas merecen una oportunidad!».

33

Ellen. Tomando decisiones

Fred no tardó en llegar. Reuní a mis compañeros en la habitación que tenía habilitada como despacho y les expliqué la situación tal y como Moon la relató. Lo hice de la forma más suave que supe.

Marie fue la primera en hablar.

—Deberíamos entregarla a las autoridades, de lo contrario podríamos buscarnos un buen problema.

—Solo pienso en la niña —intervine—. Si la entregamos no tendrá un juicio justo. No existen pruebas de agresiones. ¡La tenía encerrada en un cuchitril! ¡La violaba! ¡La agredió muchísimas veces! ¡A diario!

Fred permanecía callado, en silencio, mientras Marie y yo discutíamos.

—¡Joder, Ellen! ¡Estamos hablando de asesinato! —gritó Marie.

—¡En defensa propia! ¡Nadie la va a creer!

—¡Te entiendo! Aunque nos puede caer una gorda. ¿Qué opinas, Fred?

Se quedó pensativo, no dio una respuesta rápida.

—Si estuviéramos en casa, no lo dudaría: la llevaría ante la justicia. Sin embargo, aquí, tal y como dice Ellen, no tenemos garantías de que se haga un juicio justo. No hay pruebas y han pasado demasiados días. Lo que haré —siguió— será pedir información de forma discreta sobre este asunto. No he oído hablar de este tipo y es probable que sea uno más de los muchos que aparecen muertos cada semana. Cuando tenga todos los datos tomaré una decisión.

—Gracias, Fred —dije—. No quiero meteros en problemas, aunque sufro por ella. Este malnacido le ha roto varias costillas y mira las marcas que tiene en su cuerpo —le mostré varias fotografías—. El maltrato está más que justificado, aunque, como bien dices, esto no son los Estados Unidos. Es muy probable que nadie la crea: es mujer, pobre y puta. Lo tiene todo en contra.

—No estoy diciendo que vaya a mirar hacia otro lado —Fred puntualizó—, sino que quiero investigar a fondo este suceso. Cuando esté mejor me gustaría interrogarla. Ese será mi primer paso. Haré una investigación propia.

—Lo entiendo. No querría ni por un segundo que pusieras en juego tu carrera o tu nombre.

Marie asintió con la cabeza. Parecía que los tres estábamos de acuerdo con la proposición de Fred.

—Mañana mismo hablaré con ella. —Fred cogió su móvil—. Necesito hacer un par de llamadas a unas personas de confianza de la policía camboyana.

En su cara se reflejaba la preocupación. Estaba faltando a su deber que era, sin lugar a duda, llevar a Moon ante las autoridades pertinentes; no obstante, era conocedor de que no habría garantías y eso le carcomía por dentro.

Se retiró para hablar con más tranquilidad. Marie acarició mi hombro.

—Solo deseo lo mejor para ti, Ellen. No quiero que te veas involucrada en un tema tan delicado.

—Lo sé, perdona si he perdido los nervios —contesté—. Sé que no miente, estoy segura.

—Yo también lo sé. Pero no podemos poner en peligro a nuestra organización tapando este delito. Debió acudir a nosotras ese mismo día.

—Está muy asustada. Leo en sus ojos que hay mucho más que todavía no nos ha contado. Estoy convencida de que dice la verdad —seguí—. Mira la parte positiva, si no lo hubiera confesado nadie lo sabría. De eso hace ya muchos días y ni siquiera Fred ha oído hablar del tema. ¡Vete a saber la de enemigos que tendría ese cretino!

—Eso es cierto. Se podría haber presentado aquí como si tal cosa y mantener la boca cerrada. Ellen, yo también estoy segura de que no nos engaña.

Serví para ambas una copa de vino de California que mi hija trajo consigo. No quería té, necesitaba algo más fuerte que me relajara.

A la mañana siguiente, Marie hizo un chequeo a Moon, confirmando lo que ya sabíamos, que tenía varias costillas rotas y mil magulladuras, desgarro vaginal y anal, infección, hongos… Necesitaba medicación con urgencia.

Mientras la reconocía no comentó nada con ella del suceso del que ya era conocedora. Moon se dejó hacer sin rechistar, sin quejarse, pese a que su rostro mostraba un profundo dolor.

Marie quiso comentarme algo y me acompañó a un lugar más discreto.

—Vamos a ayudar a esta chiquilla. ¡La han reventado literalmente! —Cerró los ojos negando con la cabeza.

—Te lo dije…

—No me lo ha dicho, pero la han torturado a un nivel que jamás había visto y, créeme, he presenciado muchas cosas en estos años. Tiene lesiones en su cavidad anal, y no son precisamente debidas al sexo consentido. —Marie apretó los dientes—. La han penetrado con objetos, diría, punzantes. Ha debido ser un auténtico calvario.

—¡Si tuviera delante a ese hijo de puta, yo misma me lo cargaba! —sentencié—. Voy a dar la cara por ella. Me importa poco todo lo demás.

—Esperemos a ver que dice Fred.

—Quiero hablar con Moon, Marie.

—Os dejaré tranquilas. Voy al despacho a revisar unos documentos.

Moon estaba estirada en la cama, con la mirada fijada en el techo. La palidez de su piel era extrema y su rictus muy serio. No parecía una chiquilla de dieciséis años, más bien parecía una anciana en el final de sus días. Se asemejaba más a alguien que ya lo había vivido todo.

—¿Cómo te encuentras hoy? —pregunté de forma estúpida, sabiendo que la niña no se encontraba en su mejor momento.

Suspiró y, me invadió una inmensa pena tan solo de pensar en cómo podía sentirse una chica tan joven, tras lo que había tenido que soportar.

—Por un lado, estoy contenta de estar aquí de nuevo; por otro, siento que el daño interno, el de mi alma, es mucho mayor que el de mi propio cuerpo. Señora Ellen, me marché porque no quería defraudarla.

Cogí su mano y la apreté con fuerza.

—Eres valiente, Moon. Saldremos de ésta.

Sus ojos seguían clavados en el mismo punto.

—¿Me van a entregar a la policía?

—Tengo un amigo que quiere ayudarte, y haremos lo posible para que todo salga bien.

—No quiero que tenga problemas por mi culpa. Podría escapar esta misma noche, huir a Vietnam y empezar allí una nueva vida…

—No podrás dejar atrás tu pasado, Moon. Quédate conmigo. Aquí estarás a salvo y nunca más volverás a las calles.

Asintió de forma pausada, sin dejar de mirar el techo.

—Ese hombre me engañó…

—Lo sé. Se aprovechó de ti y te maltrató. Lo llevas escrito en tu cuerpo. ¡Bien muerto está ese malnacido! —Me sorprendí a mí misma con esa afirmación tan rotunda.

—No estoy orgullosa; he matado a un hombre.

—Un indeseable que abusó de ti, te torturó y te vendió al mejor postor. No tuviste alternativa.

—Necesito estar sola, Ellen.

Besé su frente y me marché dándole un poco de privacidad. No quise dejarla sola durante mucho tiempo, pues temía que esa culpabilidad la llevara a cometer una locura.

Salí al porche con Max y un té. Fred aún no me había comentado nada y estaba preocupada. Era bastante probable que decidiera hacer lo opuesto a lo que yo deseaba. Su sentido de la justicia y la pasión que sentía por su trabajo, sin duda, se antepondrían a lo que yo pudiera pensar… y lo entendía. Posiblemente se hallara en la encrucijada de decidir entre hacer justicia o hacerme feliz. No me hubiera gustado estar en su pellejo.

34

Fred. ¿Manda la razón o el corazón?

En cuanto Moon se sintió más fuerte, fui a hablar con ella. Ellen me acompañó para que no se sintiera incómoda por el hecho de estar sola ante un hombre, y con más motivo si se trataba de un hombre occidental. Entendía perfectamente sus reservas y que, ni tan siquiera, deseara acercarse a una persona de mi género... Solo había sufrido abusos y era totalmente comprensible.

—Soy Fred, no sé si me conoces. Soy amigo de Ellen. —Le ofrecí mi mano en señal de saludo. No la miré directamente a los ojos para no intimidarla... sabía que no confiaba más que en unas pocas personas.

—Lo sé. La señora Ellen me dijo que vendría a hablar conmigo. —La miró buscando su aprobación, mientras Ellen permanecía calmada asiendo su mano.

—Quiero que me cuentes todo, con todos los detalles que recuerdes; cuantos más, mejor. Tengo algunas preguntas que hacerte y necesito que seas muy sincera. Quiero ayudarte. Debes confiar en mí.

Moon asintió.

En su rostro, a cada palabra que pronunciaba, se podían leer el daño y la tristeza que le producían sus vivencias. No debió resultarle fácil relatar cómo la violaban, torturaban y maltrataban…

Como hombre sentí rabia al ser conocedor del sufrimiento de esa pobre niña. Hubiera matado a ese malnacido con mis propias manos.

Como agente de la ley sabía que su historia contaba únicamente con una ventaja: si se entregaba, teniendo en cuenta que nadie la buscaba, podríamos tener alguna posibilidad.

Marie redactó un informe médico en el que constaban las lesiones, no solo las recientes, también las anteriores, para reforzar su defensa. Después de leerlo supe que ese cabrón estaba muy bien como estaba: muerto. ¿A cuántas chicas les habría hecho lo mismo? ¿A cuántas se lo habría hecho ya? ¿Cuántas vidas se había encargado de destrozar?

Moon fue valiente y tomó la única decisión que podía: quitarle la vida antes de que él acabara con la suya. Sin embargo, aún debíamos decidir qué hacer. Su historia era sólida y en Estados Unidos hubiera salido libre, con total seguridad. En Camboya todo es distinto…

Tenía amigos en la policía y, de hecho, ya me estaban ayudando en el caso, sin saber de qué trataba.

Tras dos horas hablando con ella y ser consciente de sus evidentes nervios, intenté tranquilizarla y le brindé mi ayuda.

Hacía días que investigaba a ese cabrón. Su historial delictivo no era para estar muy orgulloso: detenciones por robos, maltrato, peleas, pederastia... Era un personaje que debía arder en el infierno. Nadie le había echado de menos y no reclamaron ni siquiera su cuerpo.

Debíamos buscar como fuera a un testigo o al menos a alguien que quisiera hablar sobre ese oscuro personaje. No iba a ser fácil, y seguramente sería como buscar una aguja en un pajar; no obstante, teníamos que intentarlo.

Me armé de valor y quedé con mi buen amigo el capitán Chuong, un alto cargo del cuerpo de policía en Phnom Penh. En el pasado habíamos actuado juntos en decenas de redadas, y lo consideraba un hombre sensato y legal. Chuong intentaba que todos los hombres que tenía a su cargo fueran como él, sin embargo, eso no siempre era posible. En muchas ocasiones, algunos de sus subordinados caían en la trampa de aceptar dinero a cambio de favores. No era sencillo acabar con esa práctica en un país donde unos pocos rieles de más pueden marcar la diferencia. Pero él no era así y confiaba en su criterio para plantear el tema de Moon.

No sabía a ciencia cierta cuál sería su consejo o decisión o, quizá hasta me procesara a mí por ocultar a la chiquilla; sin embargo, debía correr el riesgo porque no podíamos seguir en esa situación.

Tal y como quedamos, me reuní con Nhean Chuong en el Café Francés para almorzar.

—Fred Wilson, ¡qué honor! —chocamos nuestras manos—. ¿Qué tal va todo, amigo?

—Bien, como siempre. Con mil líos… —No quise hablar del asunto sin que hubiera, al menos, un poco de conversación previa.

—He oído que estás ayudando en casa de la señora Talbot y que está haciendo una gran labor. ¡Necesitamos personas como ella aquí! Además, me han contado que es bella y que está disponible.

—¡Nhean! ¡No has cambiado nada! Lo intentaste con tu hermana, tu vecina. ¿Seguro que no te has equivocado de profesión? —Reímos ya que Nhean siempre intentaba emparejarme con alguien, aunque sin éxito.

—¡Dos cervezas! —indicó al camarero— Y algo para comer; estoy hambriento.

—Yo también, la verdad.

Estuvimos largo rato charlando sobre nuestras vidas. Nhean llevaba la voz cantante, pues estaba muy contento; su hija mayor iba a contraer matrimonio pronto y, tanto él como su mujer, estaban deseando ser abuelos. La confianza que nos teníamos hacía posible que la conversación fluyera hacia temas personales la mayor parte del tiempo, aun así, mi cometido ese día era otro.

Introduje la cuestión de la forma más sutil que pude:

—Amigo, ¿recuerdas que hace unos días te pedí los informes sobre el chulo al que hallaron muerto en aquel cuchitril del centro?

—Sí, de esa escoria. Me acuerdo, cómo no hacerlo. —Torció el gesto en señal de desagrado.

—Escucha con atención, tengo algo importante que decirte sobre este caso.

—Lo que quieras, amigo, pero está bajo investigación, aunque sin pistas se cerrará pronto.

—Sé quién lo mató.

Chuong me miraba sin articular palabra, esperando más información por mi parte.

—Es una de las chicas que está en la casa de Ellen, bajo nuestra protección —seguí—. Quiere entregarse, pero tiene miedo. Lo mató en defensa propia, aunque no hay testigos ni pruebas a su favor.

Le expliqué todos los detalles de la historia. Chuong cambió su semblante divertido para convertirse en el capitán de la policía del lugar, el que lleva toda la vida luchando contra el crimen, la pederastia y la trata de blancas.

—Debe acudir a comisaría y entregarse —intervino muy serio.

—Lo sé; por eso he quedado contigo. Justificaremos el maltrato físico al que la sometió. ¡Casi la mata! ¡Tuvo que defenderse!

—Hace muchos días de este suceso. ¿Por qué no se ha entregado antes? ¿Por qué lo hace ahora?

—Estaba muerta de miedo, temía por su vida y no confía demasiado en la policía. Ahora lo hace porque sabe que es lo correcto. Es una buena chica, no podría vivir con ello.

—Lo haremos a mí manera; tráela el viernes a primera hora. Yo mismo le tomaré declaración y veremos qué puedo hacer. No te prometo nada, Fred.

Era miércoles y tan solo disponía de dos días para decidir si entregarla o esconderla, pero enseguida pensé que lo más sensato era entregarla a las autoridades.

Nos marchamos y, de forma tensa, mi amigo me estrechó la mano y se despidió:

—Es tarde, muy tarde, Fred. No sé si podremos ayudarla.

35

Moon. Una visita inesperada

Tras hablar con el señor Wilson y con la señora Ellen me sentí un poco más relajada. No resultaba fácil abrir mi alma herida, pero sentía que estaba haciendo lo correcto y, aunque me costara la cárcel, peor prisión era mi vida.

Ellen vino a buscarme a la habitación.

—Tienes una visita, Moon —sonrió—. ¿Puedes bajar a la sala principal?

La miré desconcertada. No tenía ni idea de quién podía venir a verme; no obstante, la sonrisa de Ellen me hizo sentir curiosa. Mientras bajaba los escalones hasta el lugar del encuentro iba pensando que quizá podría tratarse de alguna de mis «hermanas», a quienes no pudimos rescatar.

—Hola, Moon…

—¿Munny? ¿Qué estás haciendo aquí?

—Os dejo solos. —Ellen desapareció como el humo, con prisa y dejando el rastro de su agradable perfume en el ambiente. Nos dejó frente a una mesita con té y sabrosas pastas dulces.

—Quería verte… Te marchaste así, de la noche a la mañana. Estábamos preocupados por ti.

—¿Cómo has sabido…?

—¿Dónde estabas? El mundo del tuk-tuk es pequeño. Solo tuve que hacer unas preguntas por el barrio. No siempre hay chicas guapas a las que transportar.

Me sonrojé, sentí como mis mejillas ardían con el comentario de Munny.

—¿Tu hermana y el bebé están bien? —pregunté intentando mantener un tema de conversación ajeno a mi persona.

—Sí. Quiere agradecerte lo del dinero. ¿Por qué huiste así?

—Verás, Munny, no soy quien crees. He hecho algo…

—Quiero ayudarte. Sé de dónde venías el día que te recogí. —Un silencio se cruzó entre nosotros—. Vi rastros de sangre en tus ropas y sé lo que ocurre dentro de ese edificio. Luego me enteré de que hubo un asesinato. Sé que fuiste tú, Moon.

Agaché la cabeza, avergonzada, y me puse más triste si cabía.

—Yo hubiera hecho lo mismo —siguió—. Hay algo que no te he contado.

Volví a mirarle.

—Mi hermana también pasó por ello.

No hizo falta preguntar a qué se refería.

—No sabes nada de mi vida, Munny. Voy a entregarme a la policía. No soy una asesina.

—Sé lo que necesito saber. Cuando vivíamos en Siem Reap, Chenda fue captada por una red de pederastia; tan solo tenía quince años. —Munny sudaba mientras me contaba su historia—. Nuestros padres habían muerto y tenía que sacarme adelante. No sé cómo pudo salir de allí con vida. Aún conserva cicatrices y tiene pesadillas. Huimos a la capital y montó la pequeña tienda. Luego encontró a su alma gemela, que nunca supo de su pasado, ni lo sabrá; se casaron y nació el niño. Hace muy poco que me lo contó. Yo era pequeño, y ella quería darme un futuro.

—Munny…

—El tipo que mataste era un malnacido. Siempre trabajo en esa esquina y lo veía actuar. Además, sé que tenía retenidas a más chicas. Yo mismo le hubiera quitado la vida. Su actitud era una deshonra para este pueblo. ¡No todos somos así!

Ellen entró de nuevo en la sala.

—¿Qué tal va chicos? —Ellen interrumpió nuestra conversación. Imaginé que con el ánimo de comprobar si yo estaba bien.

—Señora Talbot. —Munny volvió a saludarla.

—¿Y bien? —preguntó Ellen.

—Moon me ha explicado lo que piensa hacer. —Ellen miró extrañada a Munny—. Creo que puedo ayudar… Conozco el barrio y a otras chicas que han estado bajo el dominio de ese cerdo. Quizá quieran declarar a su favor.

—No quiero que te pongas en peligro. Ni tú ni Chenda ni el niño —dije con los ojos llorosos, emocionada ante el ofrecimiento de mi amigo.

Sabía con toda certeza que sin un testigo ni pruebas a mi favor acabaría muriendo en la cárcel. Valoraba mucho que Munny se ofreciera a ayudarme; sin embargo, no quería que sufriera las consecuencias.

—Moon, lo que hace tu amigo es muy loable y un gesto que te beneficiará, seguro. —Ellen intentaba convencerme—. Por supuesto si se decide a colaborar contará con nuestra protección, no lo dudes ni por un instante.

—Moon, puedo y quiero ayudarte. ¡No pienso permitir que acabes en una prisión y que te coman las pulgas!

Tras un buen rato de conversación, decidí que lo pensaría. Ellen estuvo de acuerdo.

Munny se marchó y me retiré a mi habitación.

Tengo que reconocer que fue un bonito detalle que se presentara en casa y me abriera su corazón. Me fiaba de él, y eso que era un animal tan herido que me costaba mantener la mirada fija en algún otro ser humano que no fuera Ellen o alguien de su entorno. Pero viendo sus ojos, podía ver con claridad su alma, y ésta era totalmente pura.

Munny era distinto. Transmitía calma, verdad, confianza y consuelo. Después de lo que me contó supe que nuestras vidas estaban conectadas de algún modo y en nuestro destino estaba escrito conocernos.

Esa noche salí al porche a contemplar las estrellas. Quería pensar y solo podía concentrarme mirándolas. El pequeño Max se estiró y apoyó su cabeza en mis pies.

—Solo se te acerca a ti, Moon. —Ellen salió con una infusión en la mano, como solía ser costumbre en ella—. Le gustas.

Y en las estrellas lo vi escrito. Sí, me iba a dejar ayudar por Munny.

36

Moon. Un viaje inesperado

—¡Moon, vístete! Nos vamos.

Ellen irrumpió en mi habitación a las seis de la mañana con prisas.

En un primer momento, ni siquiera llegué a preguntar a dónde me llevaba. ¿Me iba a esconder quizá?

Desayunamos rápidamente y nos metimos en el coche que ella solía utilizar para sus desplazamientos.

—¿No quieres saber a dónde vamos? ¿No tienes curiosidad? —preguntó—. Pararemos antes en el mercado a comprar unos dulces —indicó al chófer.

Estaba sorprendida, no tenía ni idea de lo que planeaba.

—Moon, escucha con atención. —Cogió mi mano y me miró fijamente—. He encontrado a tu madre. Está muy enferma y probablemente le queden tan solo unos días de vida…

—Mi madre está muerta —afirmé.

—Eso pensabas, pero vive. Morirá pronto y creo que debes verla antes de que eso ocurra. Es una oportunidad de oro para sanar esta herida. —Se señaló el corazón—. Te hablo como terapeuta y estoy completamente segura de que es lo mejor, Moon. Te ayudará a pasar página y a enfrentarte al futuro con más fuerza.

No podía creerme lo que me estaba contando. Por un instante pensé que me encontraba en uno de mis sueños.

—¿Cómo la encontraste? ¿Qué le pasa a mamá? —pregunté entre lágrimas.

—Es una larga historia. Tu madre tiene cáncer, Moon. He enviado un aviso a una vecina para anunciar nuestra llegada.

Paramos en el mercado, pues Ellen insistió en que le lleváramos un detalle. Compramos unos dulces famosos en la capital, aunque, si realmente se iba a morir, quizá no fuera el regalo apropiado. Pero tanto daba, ¡quería verla y deseaba perdonarla! Aunque en el fondo de mi corazón ya lo había hecho hacía mucho tiempo.

Tenía miedo… ¿Cómo reaccionaría ella? Me aterraba verla y a la vez quería hacerlo. Eran unos sentimientos contradictorios.

Esas horas durante el trayecto no pude soltar la mano de Ellen.

Entramos en el poblado, el que dejé unos años atrás. El coche pasó por delante de la casa de la señora Chen, que estaba semiderruida; bordeando el vertedero, donde tantas veces había buscado sustento y cerca del colegio donde nunca pude asistir. Estaba cambiado, sin embargo, olía exactamente igual que el día en el que me marché.

Aparcamos.

—¿Estás preparada, Moon?

Suspiré y asentí con la cabeza. «Ahora o nunca», pensé.

Una vecina, que solía cuidar a mamá, salió a recibirnos a la puerta de la barraca que había sido mi casa, y se emocionó al verme.

—¡Estás muy delgada, Chantrea! —exclamó—. Tu madre te ha buscado sin consuelo, hija.

No hizo ninguna pregunta sobre dónde había estado durante tanto tiempo, aunque tampoco era difícil adivinarlo.

Cogí aire y me dispuse a entrar.

El destartalado camastro de la casa apareció ante mí. Mi madre, apenas ya un saco de huesos estaba postrada en él. La vecina me pidió ayuda para incorporarla.

—Madre…

Acaricié su arrugado rostro; ni tan solo sabía si me reconocería.

—Tiene momentos en que está ausente, lejana —dijo la vecina que hacía a su vez de enfermera—. A veces pregunta por ti, entonces gime y llora.

Vi una botella vacía cerca de ella.

—¿Sigue bebiendo? —pregunté sin poder creérmelo dado su estado de salud.

—No tenemos las medicinas que le calmarían el dolor. A veces le doy de beber para que se duerma y no lo sienta —se justificó.

Mi madre abrió los ojos.

—Chantrea… Chantrea, hija mía…

Jugué con sus cabellos entre mis dedos. Ni siquiera sentía el odio con el que pensaba estaba conviviendo los últimos años.

Ellen se acercó y mostró sus respetos.

—Tiene usted una hija muy fuerte, es maravillosa.

—¿Has traído dinero, hija? —Tosió esputando sangre por la boca mientras torcía el gesto.

Por un momento se transformó en la madre que recordaba y mis piernas empezaron a temblar.

—No sabe lo que dice, hija. —La vecina intervino al ver que iba a empezar a llorar—. Está muy enferma y se le ha ido la cabeza, muchas veces sus palabras no tienen sentido alguno.

Para entonces, la modesta vivienda donde pasé mi infancia se había llenado de otros residentes del poblado. Venían a rezar por ella. Se iba a ir de un momento a otro.

—Te perdono, mamá —le susurré mientras ella, entre mis brazos, iba perdiendo poco a poco la conciencia.

A cabo de pocas horas se dejó ir definitivamente ante la atenta mirada de todos los allí presentes. Se despidió de la vida entre mis lágrimas de dolor por no poder salvarla, por no poder hacer algo más por ella. Se fue en silencio y sin reproches. No era ella. Nunca lo fue tras la muerte de papá.

—Creo que ha esperado a verte por última vez antes de morir. Cuando te fuiste con la señora Chen tu madre se abandonó del todo, no lo superó. Me contó, en un momento de cordura, lo que había hecho y nunca se lo perdonó —siguió—. Chen apareció muerta en su casa y nunca supimos qué le ocurrió. Pero en el poblado se habló mucho de una venganza. Chantrea —continuó—, tu madre no sabía que te iban a hacer daño. Al cabo de un tiempo empezaron a llegar rumores de lo que pasaba con las chicas que os ibais a la capital. Nunca pensó que te iban a hacer eso, hija.

Lloré en silencio. Ellen me miraba con la cara desencajada.

—Es todo lo que quería oír, Ellen. Debemos irnos. Mañana haré lo que, sin duda, debo hacer.

Ellen dejó sobre la mesa unos cientos de dólares americanos para que se encargaran de su sepelio.

—Nunca podré agradecerte lo suficiente todo lo que haces por mí. —La abracé entre lloros.

—No dejaré que tu madre termine en una fosa común. No lo permitiré.

Dejamos atrás el poblado; esta vez, definitivamente. No tenía ninguna intención de volver allí. Ya no me quedaban del lugar nada más que malos recuerdos.

37

Moon. Ocho años después

—¿Estás preparada, Moon? —Ellen visiblemente emocionada me observaba maravillada—. ¡Estás preciosa!

—Estoy muy nerviosa —confesé.

—¡Es lo normal! ¡Te vas a casar! Tus compañeras te han hecho este regalo. —Ellen me entregó un vestido rojo bordado con pedrería—. Es para que lo uses después de la ceremonia, durante la celebración posterior.

—Esta boda, al final, no tendrá nada de sencilla. —Fruncí el ceño, pero no por estar en desacuerdo, sino más bien por la sorpresa que no esperaba—. Las ceremonias aquí pueden durar dos o tres días, pero ya sabes, Ellen, tanto Munny como yo somos gente humilde y deseamos que sea una boda más comedida. Apenas tenemos familia o invitados…

—¡Si ha venido medio vecindario! Todos quieren participar de vuestra felicidad. Ya está todo preparado, incluso han llegado los *bonzis* budistas para la bendición y Munny también te espera. —Me acarició el rostro como mil veces había visto hacer con sus propias hijas.

Me puse el primer vestido nupcial, uno de color fucsia con adornos plateados y bajé. Munny esperaba acompañado por los monjes y sonrió al verme. Él vestía un traje tradicional azul que realzaba su tono de piel. Mi futuro marido me recibió pletórico de alegría.

—Siempre te querré, Moon. Las estrellas te pusieron en mi camino. Somos dos almas que el destino ha unido ¿lo sientes como yo?

—Miré directamente a sus ojos de color café y supe que era el hombre de mi vida.

Los monjes bendijeron nuestra unión que supe, iba a ser para siempre.

De todo eso hacía ya un año. Fue un día maravilloso e inolvidable que se mantendrá por siempre en mi retina. No me acompañó ningún ser de mi propia sangre; sin embargo, sentí a toda mi familia, a todos los que más quería, a mi lado.

Durante mucho tiempo, Munny me cortejó con paciencia y tesón, sabiendo mantener la prudencia justa y la distancia necesaria para que mi corazón empezara a recomponerse y quisiera darse una oportunidad.

Nuestra boda fue tradicional pero sencilla, como ambos queríamos. Asistieron su hermana y su sobrino y, por mi parte, las chicas del refugio y, cómo no, Ellen, que lloraba como si fuera su propia hija. Por supuesto, también algunos de los vecinos pasaron a mostrar su respeto y sus mejores deseos.

Mi marido me demostró que es posible ser feliz, que nuestro pasado no es más que eso: algo que queda atrás y de lo que debemos aprender.

Hace cuatro años que salí de la prisión. Finalmente, Ellen y Fred pudieron demostrar que fue en defensa propia. Aun así, el proceso fue muy largo y costoso: búsqueda de testigos, pruebas periciales y que la justicia aquí no actúa de forma rápida.

Aproveché mi estancia en la cárcel para estudiar a distancia, pues Ellen me brindó todas las facilidades posibles, trayéndome libros y material didáctico. Venía todas las semanas a verme y solo se ausentó unas pocas, cuando tuvo que regresar a su país porque había sido abuela. Tampoco Munny me abandonó. Siempre que le dejaban acudía a visitarme.

No fue tan horrible como imaginé. Les costó mucho dinero que tuviera una serie de ventajas que otras presas no tenían. Ellen cuidó de que alguien velara por mí y me protegiera.

Cuando finalmente pude salir, me sentí liberada en todos los sentidos. Tenía ya veinte años y mi vida comenzaba en ese mismo instante.

Pese a que en la cárcel la droga corría más que en el prostíbulo, me mantuve fuerte y no volví a consumir.

A los pocos meses me enteré de que Puong había aparecido muerto en su local, en su prostíbulo disfrazado de karaoke. El asunto se resolvió como un ajuste de cuentas entre mafiosos.

Aún hoy en día, cuando voy por la calle me giro por si alguien me persigue. Intento no salir nunca sola puesto que no puedo evitar que el terror me invada por completo.

Ellen y Fred, aunque ya no pasaban tantos meses seguidos en Camboya, seguían luchando para que la capital fuera un lugar mejor. Se unieron a ellos otras organizaciones y ya no estaban tan solos. Era imposible acabar con las mafias, aunque al menos podían paliar esa lacra haciéndoles el negocio cada vez más difícil.

Volví al refugio donde acabé de formarme y ayudaba a las chicas que acogíamos, bien en las terapias o dando formación básica. Quería sentirme útil y sabía que mi experiencia podía ser válida con ellas. Mi vida fue un camino de espinas para, al final, encontrar una bonita rosa.

Ellen me consiguió un visado y estuve seis meses en los Estados Unidos perfeccionando mi inglés. Sin duda, es la madre que nunca tuve, mi verdadera cuidadora, la persona que ha hecho que yo hoy sea así. Sin su ayuda es muy posible que ya estuviera muerta, pues hasta yo misma me desprecié hasta el punto de pensar que no valía para nada. Miro hacia atrás en el tiempo y quiero olvidar, aunque mis pesadillas sean recurrentes y algunas noches no me dejen respirar y me despierte de repente sin aliento.

Ahora, ya con veinticuatro años, siento que he vivido por lo menos dos vidas. Necesito recuperar el tiempo perdido y ser la Moon que siempre soñé.

Hoy empiezo un nuevo trabajo. Hace unos meses nos mudamos a Siem Reap y, un hotel por mediación de Ellen y Fred, ya su marido, me ha contratado como recepcionista. Munny también trabaja en el mismo lugar como chófer. Nuestra casa es pequeña, aunque con todo lo necesario para vivir y, quizá algún día se llene de niños. Somos felices y no puedo desear nada más.

Si me hubieran dicho en mi adolescencia que mi vida iba a ser así nunca me lo hubiera creído. Mi abuelo y mi padre estarán orgullosos y sé que mamá, desde donde esté, también.

Debo lidiar todavía con algunas heridas del alma; sin embargo, tengo la ayuda de todo mi entorno para poder hacerlo.

—¡Munny! ¡Espabila! ¡Llegaremos tarde y es mi primer día! —Me sonríe desde la otra punta de la sala.

—Estarás a tiempo, Moon. No te preocupes.

Él lleva ya unas semanas en su nuevo puesto, y yo estoy de los nervios por ser el primer día. Es la primera vez que trabajo fuera del refugio y quiero dar todo lo mejor de mí.

Me he puesto el bonito uniforme del hotel, compuesto por una falda roja de seda de corte tradicional y una camisa blanca con un fajín. Debo llevar el cabello recogido, aunque ya lo vuelvo a tener largo y espeso.

Me miro en el espejo y suspiro. Munny me da un tímido beso en la mejilla.

Al llegar al hotel, observo a mi alrededor... ¡Es todo tan lujoso! Me quedo sobrecogida al cruzar la impresionante entrada adornada con una fuente de piedra y llena de flores de miles de colores. Es la primera vez que entro en un lugar tan bonito.

—Eres Moon, ¿verdad? —me pregunta la jefa de recepción—. Te estamos esperando.

Saludo a todos con el típico *Sompiah* camboyano, al que mis compañeras corresponden.

Ya no soy esa niña que se fue de su aldea con un sencillo sombrero de paja. Empiezo una nueva vida y quizá los sueños de la antaño pequeña Moon puedan hacerse realidad.

Tengo un maravilloso futuro por delante y la ilusión ha vuelto a mi vida para intentar hacer de mis sueños una realidad.

FIN

Comentarios de la autora

En 2017 estuve visitando Camboya junto con mi familia. Pude descubrir un país maravilloso con unas personas muy acogedoras y amables; una comida estupenda y unos lugares increíbles para visitar como turista.

Hasta aquí todo bonito, ¿verdad?

En los años 70, tras el régimen de los Jemeres Rojos, el país quedó sumido en una situación de extrema precariedad. Camboya, además, es un país de salida, tránsito y entrada de tráfico de personas, especialmente de mujeres y niños, los más vulnerables, que son explotados laboralmente en sectores como la agricultura, el servicio doméstico o el trabajo sexual.

¿Cómo os quedaríais si supierais que es uno de los países más pobres del mundo? El 20% de la población sobrevive con menos de 1,25 USD al día.

¿Que al menos el 20% de las niñas no van al colegio?

¿Que trabajar para el 45% de los niños de entre 5 y 14 años es una realidad diaria?

Se estima que más de 300000 niños son obligados a trabajar para cubrir las necesidades de sus familias. Muchos de estos niños en búsqueda de empleo son, a menudo, víctimas de explotación y agresión sexual. Huyendo de la pobreza se encuentran bajo el yugo del comercio sexual, enfrentándose a maltratos, agresiones, violaciones y unas condiciones de vida muy extremas, por debajo de lo deseable. Además, es práctica común la «esclavitud por deuda». Para colmo, algunos policías no son dignos de confianza; aunque la legislación camboyana reprima esta clase de tratos a niños, muchos de ellos son los abusadores. Por tanto, las escasas violaciones que se denuncian se pierden en un sistema judicial corrupto.

El 30% de estos niños ni siquiera son inscritos al nacer. Para ellos significa que no se reconocerán oficialmente como miembros de la sociedad ni serán otorgados de ningún derecho: serán invisibles a los ojos del resto. No existen.

La situación es grave, muy grave.

Hablemos de salud. El SIDA es una enfermedad ampliamente propagada, siendo infectados ya desde el momento del embarazo por sus madres enfermas. Muchos de ellos quedan huérfanos a edades tempranas tras el fallecimiento de sus progenitores. La tasa de mortalidad de 0-5 años es del 25%.

Por no hablar del sistema sanitario, inalcanzable para un pobre e insuficiente o en muy mal estado para el resto, y sin servicio de pediatría en la mayoría de casos.

Solo el 16% de la población rural (80% de la población del país) tiene acceso a agua potable. Muchos niños mueren a causa de enfermedades diarreicas.

Sobre las minas antipersona... Durante las tres décadas que duró el conflicto civil entre el Gobierno y los Jemeres Rojos se esparcieron miles de éstas. Estas municiones siguen matando y mutilando a la población a diario. A pesar de haberse firmado el tratado de eliminación de estas bombas (Landmine Ban Treaty en Ottawa en 1997) los esfuerzos no son suficientes y entre las víctimas se encuentra mucha población civil, especialmente mujeres y niños que trabajan en el campo.

Este libro está inspirado en hechos reales. Los personajes son ficticios, pero os puedo asegurar que, como Moon, muchos niños son vendidos ante la imposibilidad de sus padres de poder mantenerlos. Muchos de esos niños caerán en manos de indeseables y serán objeto de trata de seres humanos.

Es por ello por lo que, con este libro, ayudaremos a la ONG Camboya Sonríe que conozco muy bien, pues colaboro con ellos desde 2017. Su misión es enseñar, formar y apoyar tanto a niños como a jóvenes con pocos recursos económicos y brindarles oportunidades de futuro para que puedan mejorar sus condiciones de vida. Se trata de escolarizar a aquellos niños de la aldea que debido a su situación familiar no asisten al colegio, así como de intentar reducir el absentismo escolar e ir introduciendo a los alumnos al mundo laboral en la ciudad de Siem Reap. También proporcionar una educación en inglés y desarrollar aptitudes, hábitos y valores en los niños. Y, por último, ayudar a familias en situación de pobreza extrema delante de situaciones de emergencia.

Más información: https://camboyasonrie.com/

Sarah Wall es el pseudónimo que uso para escribir. Nací un frío día de febrero de 1972 en Barcelona.

Todo empezó como una terapia de choque para liberar el estrés y luego siguió como una maravillosa afición.

Me encanta viajar, lo cual se refleja en mi primer libro *Te necesito esta noche,* en donde recreo situaciones inspiradas en mis viajes: Marrakech, París o Londres son algunos de los destinos que aparecen en él. En la segunda novela: *Próximo destino: TÚ,* la historia transcurre entre Barcelona y Nueva York.

Escribir *La niña del sombrero de Paja. (La historia de Moon)* ha sido todo un reto para mí. Un libro con el cual ayudamos a la ONG Camboya Sonríe.

Entre mis hobbies se encuentra la cocina y hacerlo para mis amigos, estar con mi marido y mi hija adolescente, que es un amor…, el cine, la música…

Mi vida, cuando no soy Sarah Wall, es asimismo maravillosa: casada con el amor de mi vida desde hace años, viviendo cerquita del mar y trabajando como coordinadora de ventas en una importante multinacional del sector químico desde hace más de veinticuatro años.

Sarah Wall me ha venido como anillo al dedo para realizar el sueño que aún tenía por cumplir: ver publicadas mis historias. ¡Gracias por permitirme seguir soñando!

Si queréis conocer más sobre mí os invito a pasar por mi página web: www.sarahwall.es